문화콘텐츠 비평

안미영

한국 현대문학 소설을 전공했으며, 현재 건국대학교 글로컬캠퍼스 교양대학 교수입니다. 2002년에는 동아일보 신춘문예에 평론이 당선되어 현장 비평도 하고 있습니다. 평론집으로 『낮은 목소리로 굽어보기』(시와에세이, 2007), 『소설, 의혹과 통찰의 수사학』(케포이북스, 2013)이 있으며, 연구서로 『이상과 그의 시대』(소명출판, 2003), 『전전세대의 전후 인식』(역락, 2008), 『이태준, 근대문학을 향한 열망』(소명출판, 2009), 『해방, 비국민의 미완의 서사』(소명출판, 2016), 『잃어버린 목소리, 다시 찾은 목소리』(소명출판, 2017), 『서구문학 수용사』(역락, 2021) 등이 있습니다.

문화콘텐츠 비평

초판 1쇄 인쇄 2022년 5월 17일
초판 1쇄 발행 2022년 5월 27일

지은이 안미영
펴낸이 이대현
책임편집 강윤경 | **편집** 이태곤 권분옥 문선희 임애정
디자인 안혜진 최선주 이경진 | **마케팅** 박태훈 안현진
펴낸곳 도서출판 역락 | **등록** 1999년 4월 19일 제303-2002-000014호
주소 서울시 서초구 동광로46길 6-6 문창빌딩 2층(우06589)
전화 02-3409-2060(편집부), 2058(영업부) | **팩스** 02-3409-2059
전자우편 youkrack@hanmail.net | **홈페이지** www.youkrackbooks.com

ISBN 979-11-6742-357-3 03800

이 저서는 2020년도 건국대학교 교내연구비 지원에 의한 저서임.

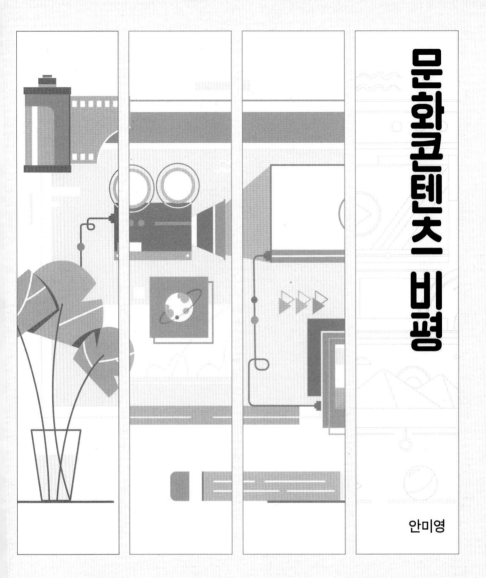

문화콘텐츠 비평

안미영

역락

미디어가 발달함에 따라 창작물은 콘텐츠(contents)로서 다양하게 유통됩니다. 우리는 만화, 애니메이션, 영화 등의 문화콘텐츠를 소비하면서 동시에 지식과 감수성을 배양해 나갑니다. 비평은 '깊이 읽기'입니다. 이제 우리는 '보기'를 넘어서 '깊이 읽기'를 지향해야 하며, 이 책은 깊이 읽기로서 문화콘텐츠 비평의 실제 방법과 예를 실었습니다.

1부에서는 웹툰과 만화를 대상으로 만화의 구조와 효과에 대해 살펴보았습니다. 만화는 칸과 사이를 통해 감정을 배치하고 공감을 구조화합니다. 강풀은 서정적 경험을 극대화하고 공감의 구조화에 뛰어난 작가입니다. 그런 까닭에 웹툰 <그대를 사랑합니다>가 영화로 제작되어도 서사의 힘이 퇴색되지 않고 발휘됨을 알 수 있습니다. 동일 작품의 웹툰과 영화를 비교해 보면, 만화에 내재한 '상상의 장치'가 주객의 교감과 화합에 기여함을 알 수 있습니다.

상업적 목적보다 거대 담론에 기여하는 작품도 있습니다. 박건웅의 『노근리 이야기 1·2』는 역사적 사건에 주목하여 카툰 저널리즘을 실현하고 있습니다. 한국 전통 수묵화를 통해 노근리 양민학살 사건을 재현하되, 작가는 한(恨)과 인고(忍苦)의 정서를 미석으로 형상화합니다. 이원화, 대조와 대립이라는 색채와 칸의 구성과 배열은 전쟁을 넘어선 생명 시학을 실현해 보입니다.

2부에서는 원작으로부터 애니메이션이 탄생하는 과정과 애니메이션의 서사 전략에 대해 살펴보았습니다. 「오세암」은 설화(전설)와 동화를 거쳐 애니메이션으로 제작되었습니다. 장르 변화를 통해 '어린 아이'에 대한 인식이 변화해 왔음을 알 수 있습니다. 애니메이션에 이르면 우리가 알고 있는 어린이의 모습을 발견할 수 있습니다. 성장 서사로서 입사식을 구비하고 대중성을 확보한 것입니다.

<왕후심청> 분석을 통해 애니메이션이 지향해야 하는 바를 살펴보았습니다. 보편적인 소재를 통해 비주얼 리터러시를 구현해야 합니다. <왕후심청>은 보편적인 소재를 선택했으나 영웅성을 강화한 나머지 이야기의 보편성을 상실합니다. 판타지와 현실을 이어주는 통로는 구비했으나 판타지의 모험 서사가 부재합니다. 전래 동화를 애니메이션으로 제작할 경우 대중성과 구체성을 잃지 않도록 전통의 해석과 창조에 고심해야 합니다.

3부에서는 영화 분석을 통해 우리가 일상에서 갈망하는 구원과 마술에 주목했습니다. 영화 <미나리>는 미국 이민자들의 아메리카 토포필리아를 보여주고 있습니다. 영화는 척박한 삶에서 구원의 주체는 가족이라는 점을 가장(家長)의 역할 수행과정을 통해 보여주고 있습니다. 카메라의 시선은 작중 인물과 자연을 전유하되, 가장(家長)의 일거수일투족을 놓치지 않고 있습니다. 감독은 가족을 통한 구원은 어디에서나 실현 가능한 신화라는 점을 강조하고 있습니다.

영화 <바그다드 카페> 역시 암울한 현실에 드리워진 그림자에 빛을 드리우는 마술을 보여주고 있습니다. 감독은 사막 밖에 안 보이는 듯하지만, 사막에는 카페가 있으며 그 안에서 마술이 일어날 수 있음을 보여줍니다. 지극히 평범한 주인공의 평범한 일상에서, 조악한 현실을 마술의 빛으로 채워나가는 과정은 우리에게도 실현 가능한 희망으로 전달됩니다.

우리는 일상에서 만화, 애니메이션, 영화, 드라마 등 문화콘텐츠를 향유합니다. 문화콘텐츠 비평은 단순한 보기를 넘어서서 이해와 분석을 지향합니다. 작품을 '텍스트'로 객관화 하여 진지하게 교감하고 그 안에서 논리를 발견하는 일은, 내가 살고 있는 이곳을 돌아보고 성찰하는 일과 통합니다. 작품을 읽어내면서 우리 자신을 읽어내는 놀라운 경험을 할 수 있습니다. 자세히 읽어내지 않았던 현실의 문법과 삶의 방향성을 읽어내는 순간, 우리의 삶도 조금씩 변화가 시작됩니다.

흔쾌히 출판을 수락해 주신 역락출판사에 감사드립니다. 이태곤 편집이사님과 강윤경 대리님, 디자인을 맡으신 안혜진 팀장님, 고맙습니다.

2022년 5월 짙어가는 녹음(綠陰)과 함께
안미영

차례

2부 애니메이션

3부 영화

1부 .... 만화

감정의 배치, 공감의 구조화

웹툰 〈그대를 사랑합니다〉(2007)

1. 서정적 경험의 극대화

만화(漫畵)는 '글'과 '그림'의 조합으로 작가의 생각을 표현하는 시각예술입니다. 그림이 글과 조합됨으로써 독자들에게 서정적 경험을 극대화합니다. 이 장에서는 강풀의 웹툰 〈그대를 사랑합니다〉를 통해 만화가 감정을 어떻게 배치하고 어떤 방식으로 독자들의 공감을 끌어내는지 살펴보려 합니다. 강풀의 웹툰 〈그대를 사랑합니다〉(2007.4.8~9.10)는 온라인 연재 이래,[1] 연극과[2] 영화로 만들어지면서 꾸준히 대중의 사랑을

---

[1] 2007년 4월 연재된 이래, 지금까지 엄청난 조회 수를 지니며 네티즌 독자들로부터 호평 받았습니다.(http://cartoon.media.daum.net/webtoon/view/iloveu)

[2] 2008년 4월 16일(금)부터 대학로 원더스페이스에서 연극으로 만들어져 상연되었는데 최주봉, 연운경, 오영수, 김용선이 주연했습니다. 가정의 달 5월을 염두에 두고, 12만 냉이 님는 관객들이 공연을 보는 등 연극으로서도 대단한 호가를 누렸습니다. 이후에도 꾸준히 무대에 올려 졌습니다.

받았습니다.

강풀은 이 작품에 앞서 '순정만화'라는[3] 분류 아래 <순정만화>(2003. 10.24~2004.4.7)와 <바보>(2004.11.1~2005.4.19)를 온라인에 연재했습니다. 순정만화 시즌 1, 2, 3 세 편 모두 네티즌의 호응에 힘입어 책으로 출간되고, 영화로 만들어졌습니다. 연재와 동시에 대중 흥행에 성공했습니다. 강풀의 3편의 순정만화 시리즈 웹툰은 모두 단행본으로 출간되고 영화로 출시되었습니다.[4]

작품	<바보>	<순정만화>	<그대를 사랑합니다>
연재	2004.11.1~2005.4.19	2003.10.24~2004.4.7	2007.4.8~2007.9.10
출간	문학세계사, 2005.8	문학세계사, 2004.5	문학세계사, 2007.11
영화	2008.2.28 개봉	2008.11.27 개봉	2011.2.17 개봉

강풀은 첫 장편 <순정만화>를 마치며 "사랑이 인간의 가장 근본적인 감정"이며 작업 내내 행복했음을 고백했습니다.[5] 그는 인간의 보편적이고 본질적인 감정을 표출해 내는데 능숙한 작가입니다. 첫 장편 『순정만화』가 발간되자, 만화작가가 온라인상에 구현해 낸 장편스토리로서 21

---

3 강풀이 분류한 '순정만화'는 여성독자와 연애문제를 다룬 만화라기보다 순수한 감정과 애정을 다룬 장편만화를 지칭하고 있습니다.

4 이 외에도 『타이밍』, 『아파트』 등 다수가 영화화 된 바 있습니다.

5 강풀, 「작가의 말」, 『순정만화』, 문학세계사, 2004, 344면.

세기형 만화형식의 새로운 모델로 평가받았습니다.[6]

웹툰(Webtoon)이란 웹과 툰을 합성한 신조어입니다. 웹(Web)이란 도
널드 크누스가 제안한 프로그래밍 시스템을 말하는 것이고, 툰(toon)은
말 그대로 카툰(cartoon)의 줄임말로 만화를 뜻합니다. 따라서 웹툰이란
인터넷, 즉 개인 홈페이지나 블로그, 동호회 홈페이지, 포털 사이트나
스포츠 신문사의 홈페이지 같은 곳에 연재하는 만화를 말합니다. 인터넷
환경에서 보기에 적합하게 컴퓨터 작업을 거친 만화를 뜻하고 있습니
다.[7] 출판만화와 달리 웹툰은 제작에서 공개에 이르는 모든 과정이 작가
의 손에서 이루어지며, 오리지널이 없이 널리 복제되어 퍼지는 특성으로
독자의 확산과 개인적인 심의를 받지 않으므로 자유롭게 활동할 수 있습
니다.[8]

강풀의 초기 웹툰은 대부분 스크롤의 서사를 통해 추진력을 가졌습니
다. 단순히 '줄거리'뿐만 아니라 마우스의 휠을 굴리는 '스크롤'이라는
행동이 결합되었을 때 비로소 완성된 서사의 꼴을 갖추게 됩니다. 아무
리 강풀식의 나이브한 캐릭터라도 이 안에서 만큼은 생명력을 보장받습
니다.[9] 그래서인지 웹만화의 연출력(각 칸의 세로 길이 조절)에 비해 강풀의

---

6 양영순, 「강풀 파이팅, 앗싸! 좋구나─『순정만화』 완간을 축하하며」, 『순정만화』 하, 문학
   세계사, 2004, 402-403면 참조.

7 길문섭, 「웹툰」, 『만화 기초작법에서 웹툰까지』, 타임스퀘어, 2008, 185면.

8 권경민, 『세계만화미학론』, 심포지움, 2009, 57면. 이 과정에서 네티즌이라는 새로운
   성격의 독자군과 작가와의 상호작용이 부각되는 데, 작가는 네티즌의 댓글에 영향을
   받고 자신의 만화를 읽어주는 독자든가 호흡을 맞춰가며 연재를 진행합니다(위의 글,
   58면 참조).

만화책은 재미없다는 평가도 있습니다.[10] 강풀이 스크롤바를 내리면서 감상-넓이와 길이가 자유롭게 설정된 그림을 동영상을 보듯이 흐르듯이 감상하게 되는 웹툰의 특성을 한껏 고조시키고자 이미 감상자들에게도 익숙한 영화의 기법을 적극적으로 활용한 것입니다.[11]

스크롤의 서사라 해도 <그대를 사랑합니다>는 뚜렷한 주제의식으로 독자들의 공감을 자아냈습니다. 순정만화의 스토리 만들기는 다음과 같이 4단계로 나뉩니다.

1. 시대, 계절, 시간 등의 시간적인 배경을 정한다.
2. 스토리 전개에 따라서 장소를 정한다.
3. 각 캐릭터와 성격을 정한다.
4. 사건을 설정하고 진행시킨다.[12]

위 단계에 따르면 이 작품은 겨울, 서울의 산동네, 까칠한 성품의 할아버지와 폐휴지 줍는 할머니, 노인들 간의 지고지순한 사랑으로 요약할 수 있습니다. "만화의 생명은 그림이 아닌 이야기"라 여기는 강풀은 "노인들도 가슴 절절한 사랑에 빠질 수 있다는 것, 떠날 날이 얼마 남지

9 허지웅, 「허지웅의 극장면—그대를 사랑한다고 말하기 위해서」, 『한겨레』, 2011.2.10.
10 한상정, 「강풀 만화책이 재미없는 이유」, 『실천문학』 통권93호, 2009, 294-302면.
11 강형구, 「강풀 장편만화의 스토리텔링의 경쟁력」, 『인문콘텐츠』 제10호, 2007.12, 243면.
12 만화벗 그림터 엮음, 『순정만화 가이드』, 큰방, 1999, 161면.

않은 황혼의 끝자락에서도 사모하는 사람을 가슴에 품은 채 매일 그리워 하며 사랑의 감정을 느낄 수 있"음을 보여주었습니다.[13]

웹툰 <그대를 사랑합니다>는 네티즌 독자들의 뜨거운 반응 속에서, 2007년 연재가 끝난 지 두 달도 되지 않아 단행본 만화로 출간되었고, 2011년에는 추창민 감독과 이만희 작가의 각색으로 영화화 되어 2월 17일 개봉되었습니다. '이순재'와 '윤소정'이 각각 김만석과 송이뿐 역을 맡았 으며, 장군봉과 그의 아내 조순이는 '송재호'와 '김수미'가 맡았습니다.

추창민 감독은 만화를 영화화 하기 위해 영화적 캐릭터 창조에 힘을 실었습니다. "네 캐릭터를 더 영화스럽게" 만들기 위해, "줄거리는 만화 에서 가져오고 캐릭터를 보강"[14] 했습니다. 강풀은 "소설의 영화화에서 사람들이 상상하는 그 이미지를 얼마나 보편적으로 살려냈느냐"에 대해 언급하면서, "상상하던 모습들이 영화로 살아 움직일 때의 쾌감은 영화 를 보는 또 하나의 즐거움"이라고 영화 장르에 호의적인 입장을 보였습 니다. 영화 <그대를 사랑합니다>에 대한 홍보를 자처하는 등 각별한 애정을 보였습니다.[15]

이 글에서는 만화의 장르적 특성을 고려하여 작품이 거두어들인 성과 를 살펴볼 것입니다.[16] 웹툰을 1차 텍스트로 선정해야겠으나, 『그대를

---

13 윤현진, 「'청순한' 외모로 순정만화 그리는 만화가 강풀의 작업실 이야기」, 『레이디경향』, 2011.3.19.

14 고경석, 「강풀 만화 원작, 영화 '그대를 사랑합니다' 2월 개봉」, 『스포츠투데이』, 2011.1.27.

15 강풀, 「소설과 영화」, 『영화야 놀자』, 문학세계사, 2007, 72-78면 참조.

16 강풀 만화에 대한 대표적인 논의글 소개하면서 나름과 같습니다.

사랑합니다』(문학세계사, 2007)가 책으로 출간되었으므로, 웹툰 대신 간행된 '만화'를 텍스트로 삼았습니다. 나아가 웹툰과 영화의 비교를 통해 <그대를 사랑합니다>가 장르를 초월하여 독자들에게 관심과 사랑을 받는 서사 구성력도 살펴보겠습니다.

2. 웹툰1: '칸'과 '사이'의 유연화

강풀의 만화는 순정만화의 형태를 적극 활용하여 인물과 독자의 공감을 극대화 하고 있습니다. 만화에서는 칸 자체가 가장 기본적인 다이어그램이며 중요한 도상(icon)입니다. 만화는 칸을 구성하기 위해 골조를 끼워 맞추고, 말풍선(Word-Ballon)과 지문을 끼워 넣는 작업을 통해 특유의 시간과 공간을 연출하는 '연속예술(sequential art)'입니다.[17] 강풀은 초기 자신의 웹툰 형식을 다음과 같이 설명합니다.

강형구, 「강풀 장편만화의 스토리텔링의 경쟁력」, 『인문콘텐츠』 제10호, 2007.12, 235-261면.

한상정, 「강풀 만화책이 재미없는 이유」, 『실천문학』 통권93호, 2009, 294-302면.

임혜선, 「강풀 웹툰 「순정만화」 스토리텔링 연구」, 단국대학교 문예창작학과 석사학위논문, 2012.

길자은, 「'웹툰'을 활용한 매체언어교육의 교수학습 방안 연구: 강풀의 <순정만화>를 바탕으로」, 동국대학교 국어교육 석사학위논문, 2012.

17 백준기, 「대중 예술·문화 매체로서의 '제3의 장르'」, 『만화 미학 탐문』, 다섯수레, 2001, 11면 참조.

"장편으로 그리면서 칸 없는 만화를 그리게 된 것은, 우선은 내가 칸 긋는 만화에 자신이 없기 때문이고, 그 동안 쭉 해왔던 내 방식대로 그려 보고 싶기도 했다. 또한 신출내기 주제에 건방진 말일 수도 있으나, **만화라 는 매체는 그 무엇보다도 자유로울 수 있음에도 불구하고 스스로 칸에 갇혀 있다는 느낌이 들 때가 많았다.** 온라인 만화의 장점을 살려서 정말 해 보고 싶은 대로 막 그릴 수 있었던 것이 <순정만화>를 그리면서 즐겁고 만족스러웠던 점이 아닌가 싶다."[18]

강풀의 고백을 구체적으로 이해하기 위해 만화 언어에 대해 알 필요 가 있습니다. 만화 언어에서 기본적인 요소는 칸(panel)입니다. 칸은 대개 직사각형이나 정사각형의 모양으로 독립해 있으면서 동시에 주위의 그 림과 밀접한 관련을 맺는 하나의 그림 단위를 말합니다. 한 문장을 이루 는 단어들처럼, 칸들이 모여서 수평으로 이어 있는 띠(strip)가 되거나 연속만화(comic strip)가 됩니다.[19]

작가는 칸의 변화와 연출을 통해 내러티브(narrative)의 흐름에 변화를 주고 완급을 조절할 수 있습니다. 구체적으로는 주인공의 감정표현, 캐 릭터의 주목 여부, 시선의 집중과 분산 등 다양한 측면에서 시선이 일차 적으로 머무는 곳으로서 작가는 그 연출을 통해 독자의 시선을 조절할 수 있습니다.[20]

---

18 강풀, 「작가의 말」, 『순정만화』, 문학세계사, 2004, 344면. 강조는 필자.

19 김용락·김미림, 『서사만화와 그 본질』, 『서사만화 개론』, 범우사, 1999, 104면 삼소.

만화의 컷은 단순히 장면과 장면을 구분하기 위해서 있는 것이 아닙니다. 컷을 어떻게 사용하느냐에 따라 전체적인 화면의 분위기가 달라지며 또한 시간의 변화, 공간의 변화, 인물의 감정 변화 등을 표현할 수 있습니다.[21] 무엇보다도 칸의 주요한 기능은 시간과 사건, 정서의 흐름을 통해 시간의 추이를 전달하는 데 있습니다.

만화는 분절된 칸(정지된 장면)의 연속을 통해 독자에게 흐름을 읽게 합니다. 이 흐름은 단순한 시간의 흐름이면서, 사건의 흐름이며, 정서의 흐름이기도 합니다. 흐름을 표현하는 칸의 역할은 영화의 프레임과 동일합니다. 영화에서 프레임의 연속을 통해 움직임이 나오는 것처럼 만화에서도 칸의 연속을 통해 움직임과 흐름이 생성됩니다.

영화의 프레임이 1초에 24프레임을 사용하여 인간의 망막 잔상효과를 이용, 정지된 장면을 완전히 연속적으로 움직이게 하여 실사(實寫)를 화면 속에 그대로 재현한다면, 만화의 칸은 고정된 면면 속에서 분절과 연속을 통해 그 흐름을 표현합니다.[22] 칸이 있음으로 해서 만화에는 칸과 칸, '사이(interval)'가 존재합니다. '사이'의 존재 때문에 독자는 비로소 칸을 통한 흐름을 받아들이게 됩니다. 사이가 존재하기 때문에 만화에서 시간이나 사건의 흐름을 표현할 수 있는데, 작가는 의도적으로 사이를 없애기도 합니다. 사이를 없애고 칸을 종이의 끝까지 확장시키면 사이를

---

20 김용락·김미림, 위의 책, 260면 참조.

21 만화벗 그림터 엮음, 『순정만화 가이드』, 큰방, 1999, 193면.

22 김용락·김미림, 위의 책, 261면.

통해 익숙하게 읽어가던 독자의 시각은 그 곳에 고정되고 붙잡히게 됩니다. 만화를 보는 수용자의 인식상태를 순서대로 도식화하면 다음과 같습니다.[23]

칸에 그려진 전체적인 그림 ▶ 캐릭터 ▶ 말풍선과 내레이션, 지문
▶ 연결되는 프레임 ▶ 전체 보기

사이를 없앤 확장칸을 사용하면 독자들은 그 칸의 내용을 보통 칸과 다르게 받아들이게 됩니다. 주로 확장칸의 사용은 작가가 강조하고자 하는 것을 표현하기 위해 사용되는데, 작가에 따라 다양한 방법으로 활용되지만 보편적으로는 주인공을 강조하거나 심리상태를 표현할 때 쓰입니다. 주인공의 강조는 강력한 캐릭터의 매력에 의존하는 순정만화의 특징적인 전개방법으로, 의도적으로 흐름을 정지시킨 후 매력적인 캐릭터의 컷을 끼워넣는 방법을 취합니다.

순정만화에서 연령별 인체의 비례는 다음과 같이 나뉩니다. 어른은 7~8등신, 어린이는 4~6등신, 어린이는 2.5등신 전후이며 노인은 5~6등신으로 어른보다 작게 그립니다.[24] 강풀의 <그대를 사랑합니다>에 등장하는 노인과 어른은 모두 5~6등신입니다. 강풀은 노인을 평범한 어른과

---

23 김용락·김미림, 위의 책, 260면.
24 만화벗 그림터 엮음, 위의 책, 1999, 150면.

동일 사이즈로 표현함으로써 노인이라는 특수성보다는 산동네 일반 주민이라는 보편성을 구현해 내고 있습니다.

사이를 없앤 칸의 돌출은 섹시하고 매력적인 여성 캐릭터를 돋보이게 할 때, 심리상태의 표현을 극대화할 때 유용합니다. 칸의 돌출은 사이를 통해 익숙하게 흐르던 독자의 시각을 붙잡는데, 이때 주인공의 감정 상태를 나타내는 내레이션이 들어가기도 합니다.[25] '칸'과 '사이'의 미학을 극적으로 배치해 놓은 만화는 단순히 '볼거리'가 아니고, 음미하면서 생각할 수 있는 예술작품이 될 수 있습니다.[26] 서사만화는 단순히 '볼거리'가 아니고 문학 서적처럼 '읽을거리'이기 때문에 음미하고 생각해야 하는 예술작품입니다.

강풀의 만화 <그대를 사랑합니다>에서도 칸과 사이의 구분은 작중 시간의 흐름과 인물의 심리적 추이를 전달하는데 적절하게 구사되고 있습니다. 사건의 추이와 세부적인 정황을 독자에게 보여주기 위해, 작은 칸 안에 세밀화를 통해 인물의 행동·감정변화·사물의 움직임을 포착하고 있습니다. 새벽길 우유배달 중에 보청기를 끼지 않은 김만석이 송씨의 입모양을 보고 무슨 말인지 읽어내는 상황이 나옵니다.

작가는 "오늘은 일 일찍 마쳤나보네요"라는 12개의 글자를 또박또박 발음하는 '송씨의 입술'만을 한 칸씩 12개의 칸으로 처리하여 독자들에게 보여줍니다. 이때 독자는 김만석의 시선이 되어 12개의 칸을 보면서,

---

25 김용락·김미림, 위의 책, 262-263면.
26 김용락·김미림, 위의 책, 134면.

송씨의 동그란 입술에 동요되는 김만석의 내면을 공감하게 됩니다. 경우에 따라 작가는 "요"라고 발음하는 송씨의 여성스런 입술을 칸 속의 작은 칸으로 처리하여, 김만석의 시선이 어디에 머물고 있는지 입체적으로 보여주며 그러한 인물의 시선과 독자 자신의 시선을 동일시 할 수 있도록 이끕니다.

뿐만 아니라 중심 이야기를 넓은 칸으로 처리하는 반면, 동시간대에 벌어지는 작은 이야기들은 한정된 지면에 작은 칸으로 처리합니다. 제20화 '소풍'에서 한 개의 칸을 그릴 만한 공간에 네 개의 작은 칸을 만들어 주차장에서 두 젊은이가 옥신각신 말다툼하는 세밀한 정황을 그려 넣었습니다. 이러한 에피소드는 김만석과 장군봉을 주축으로 하는 중심 이야기에 필적할만한 것이 아니므로, 네 노인이 한강 고수부지에서 소풍을 즐기는 중심 이야기의 주변 이야기로서 자그마하고 밀도 있게 한 칸에 네 개의 작은 칸을 끼워 놓은 것입니다.

이처럼 세부적인 묘사가 필요한 경우에는 디테일한 묘사를 위해 작은 칸들을 적절히 배치하는가 하면, 그렇지 않은 경우에는 칸을 확장하여 독자들에게 시원스런 볼거리를 제공합니다. 특히 공감을 자아내는 '풍경'과 '인물'에 대해서는 칸을 극대화시킴으로써 풍경의 미학을 살려내고 있습니다. 강풀은 확장칸에 인물을 두드러지게 그려 넣는 대신 눈 내리는 새벽의 골목길, 휘영차게 밝은 달밤의 산동네 같은 서정적 풍경을 극대화시킴으로써 작중 인물과 그들을 둘러싼 일상 및 자연환경 간의 조화, 친화감을 극대화합니다.

만화를 읽을 때 독자의 관심은 습관적으로 이야기의 역동성, 다시 말해 사건 전개에 집중되어 있어서 묘사보다는 서술을 더 기대하게 됩니다. 주목할 점은 묘사적 측면이 만화에 없는 것이 아니라 숨어있다는 사실입니다. 만화의 묘사는 이야기 전개에 집착하는 1차적 독서의 다음 단계, 그림 속에 주어진 요소를 재구성하는 2차적 독서를 통해서만 발견될 수 있습니다.[27]

묘사적 측면에서, 강풀의 만화는 신세대의 감수성과 시선에 상응하여 자유롭게 칸을 구사하고 있습니다. 의미의 전달을 용이하게 하기 위해 영화의 몽타주와 오버랩 구성을 차용하는가 하면,[28] 전달을 극대화하기 위해 한 칸 속에 특정 부분을 극대화하는 등 가독력 있는 칸과 사이의 구도를 설정해 놓았습니다.

3. 웹툰2: '글씨'와 '소리'의 시각화

소설과 비교해 볼 때 만화에서 사용되는 언어는 감정의 경제성, 수사의 경제성을 보여줍니다. 미술과 비교해 볼 때 만화가들은 인간의 감정을 문제 삼아 묘사하고 표현하려는 의미 내용에서부터, 미세한 움직임과

---

27 이수진, 「서사학과 만화기호학」, 『만화기호학』, 씨엔씨 레볼루션, 2004, 131면.

28 강형구는 강풀의 장편만화를 분석하면서 스크롤바를 내리면서 감상하게 되는 웹툰의 특성을 살려 영화 혹은 동영상이 가진 줌쇼트, 슬로우모션, 동시편집, 보이스 오프, 아웃 오브 포커스, 틸트 등 기법의 자유로운 구사를 설명합니다. 강현구, 위의 글, 240-243면 참조.

동작, 커다란 운동감과 질주에 이르기까지, 쾌속의 미를 평면 공간에서 탐색하고 추구하는 형식주의적 노력을 거듭합니다. 그들은 감정표현이라고 하는 내용적인 관심과 움직임에 대한 형식미를 집요하게 추구했습니다. 그 결과 그림에 이야기의 '연속적 기능(sequential function)'을 갖도록 만들었습니다.[29]

만화는 최대의 필요한 것들을 과장해서 표현합니다. 적시의 대화(다이얼로그)는 그림과 더불어 보여주기의 사명을 극대화합니다. 그런 의미에서 만화는 가벼움을 통해 무거움을 사유하는 경제적인 방식입니다. 대화 중심으로 구성된 만화는 희곡의 구성과 흡사합니다. 알랭 바디우는 베케트의 희곡을 분석하면서, 등장인물을 '도정(가다)의 인간', '고정성(존재하다)의 인간' 그리고 '독백(말하다)의 인간'으로 구분한 바 있습니다. 베케트에게서 글쓰기란 엄격한 경제적 원칙에 의해 규제되는 행위이므로, 등장인물들이 텍스트 전체를 일관하여 비본질적인 술어들 의복들, 대상들, 소유물들, 몸의 부분과 언어의 단편들을 상실한다는 것입니다. 그 결과 산출된 인간에 대한 극빈의 장치는 '가다', '존재하다', '말하다'로 요약됩니다.[30]

만화의 언어 역시 해설과 독백이 존재하지만 극빈의 장치로서 '대화'에 의존합니다. 만화에서 '가다'와 '보다'가 '칸'과 '사이'의 유연한 활용

---

29 백준기, 「대중 예술·문화 매체로서의 '제3의 장르'」, 『만화 미학 탐문』, 다섯수레, 2001, 16면.

30 알랭바디우, 이종영 옮김, 「제7장 유적인 것에 대한 글쓰기」, 『조건들』, 새물결, 2006, 437-438면 참조.

으로 표현된다면, '말하기'는 인물의 직접적인 '대화'로 구현됩니다. 서사만화는 이야기이되, 전적으로 언어에 의지하지 않으며 '그림'과 '대화'의 배치를 통한 극적(dramatic) 구성을 달성합니다.

대화 내용도 문제적이지만 대화 상황을 묘사해 주는 글씨, 그 상황에서 발생하는 다양한 음성효과의 생동감 있는 재현도 서사의 극적 구성에 적극 기여할 수 있습니다. 만화에서 '칸'과 '사이'의 유연한 활용으로 '가다'와 '존재하다'의 미학이 실현된다고 할 때, 인물의 동작과 외양 외 감정이입 된 '글씨'와 보이는 '소리' 역시 또 하나의 그림으로 존재합니다.

<그대를 사랑합니다>에 나타난 글씨는 감정이 이입되어 인물의 성격 창조에 기여하며, 소리 역시 시각적 표현을 통해 인물과 사건의 세밀한 추이를 보여주는 또 하나의 그림이 됩니다. 감정이 이입된 '글씨'의 극적 효과는 작품 초입부터 나타납니다. 작품의 초입부에서 김만석과 송씨 두 사람이 만나기 전부터 새벽 산동네에는 "부타타타타!!!!!"와 "끼이익....끼익...."이라는 소리가 교차되어 나타납니다. "부타타타타!!!!!"는 우유배달하는 김만석의 오토바이 소리이고, "끼이익....끼익...."은 폐지를 줍는 송씨의 리어커 소리입니다. 각각의 소리는 그 자체만으로 우유배달하는 할아버지와 폐지줍는 할머니라는 인물의 자기동일성을 입체적으로 전달합니다.

<순정만화>에서 수영이가 핸드폰 버튼을 누르는 소리와 김연우가 핸드폰 버튼을 누르는 소리는 각 인물의 개성을 입체적으로 표출해 줍니다. 수영이가 연우에게 문자를 보내는 소리 "똔.똔.똔."은 가볍게 많은

양의 문자를 보내는 발랄한 십대 소녀의 성격을 대변하고 있다면, 연우가 수영에게 문자를 보내는 소리 "꾸욱, 꾸욱, 꾸욱.."은 겨우 최소의 의미만을 전달할 수 있는 무뚝뚝하고 어눌한 아저씨의 성품을 간접적으로 시사해 줍니다.

이처럼 일련의 소리에는 그 소리를 만들어내는 인물의 성격과 감정이 개입되면서, 글씨가 커지거나 작아지기도 하고 경우에 따라서는 다양한 도상과 더불어 인물의 정서적 변화를 극적으로 포착해 내기도 합니다. 김만석으로부터 우유를 건네받은 후, 송씨의 마음에 이는 따뜻함은 "끼이이이이익~ 끼익..♩♪♬"이라는 완화된 리어커 소리와 더불어 "♩♪♬ ♩♪♬ 𝄞 𝄞 𝄞"라는 '보이는 소리'를 통해 독자들의 감성을 자극합니다.

송씨의 정감어린 말을 듣고 마음이 따뜻해져 오는 김만석의 내면 묘사는 희극적 재미까지 보여주고 있습니다. 눈 오는 새벽녘 송씨가 오지 않자, 김만석은 걱정 끝에 고물상으로 달려가서 송씨를 만납니다. 송씨에게 우유를 건네주자, 송씨는 "저.. 안 그래도 걱정했었는데 눈길 위험하니까... 조심해서..."라며 김만석을 걱정해 줍니다. 오토바이를 타고 달리는 김만석 주변에는 송씨의 목소리 "안 그래도 걱정했었는데..." "걱정했었는데..."와 더불어, 눈이 갑자기 하트모양 "♡"으로 내리기 시작합니다.

강풀은 시각적 효과를 극대화함으로써 청각을 활용할 수 없는 매체의 한계를 극복합니다. 글자의 크기와 모양 변화, 느낌표나 물음표, 말줄임표 등 그래픽 기호들을 도입하여 글자를 비롯하여 문장 기호, 선, 그림 외부 공간과 내부 공간, 말풍선, 인물 그림까지 각각 기능과 의미를 부여하고 있으며, 독자는 사건의 진행을 알기 위해 작가가 미리 그려 놓은

보이지 않는 선을 따라 시선을 옮기게 됩니다.[31]

만화에서는 시각적 효과 외에도 '글씨'의 변형을 통해 인물의 내면과 상황의 긴박함을 전달합니다. 김만석의 단호하고 고집스러운 성품을 전달하기 위해 글씨의 입체적인 변형이 자주 나타납니다. 우유보급소에서 김만석은 빈 우유팩을 얻어가기 위해 직원에게 자신의 의지를 다음과 같이 전달합니다. **"반, 드, 시?"** 직원에게 빈 우유팩을 가져가겠다는 강한 의지를 내보인 것입니다. 특히 김만석이 버럭 화를 내는 장면이나, 고함을 지르는 장면에서는 여지없이 글자크기가 크고 입체적으로 그려져 있습니다.

뿐만 아니라 김만석이 동사무소 직원들에게 송씨의 이름을 '이뿐'이라고 말할 때, 그의 말풍선에는 궁서체로 **'송이뿐라고.'** 제시됩니다. 글씨체의 변형은 송씨에 대한 김만석의 순정과 단호함을 동사무소 직원은 물론 독자들에게 확언시켜 주는 입체적인 기술입니다. 작가는 글씨체의 변형을 통해 김만석의 내면에 자리 잡은 송씨에 대한 곡진한 사랑을 입체적이고 희극적으로 표현한 것입니다.

장군봉이 소풍간 동안, 주차 일을 보는 고물상 청년과 주차장 고객 간의 말다툼은 '띄어쓰기'를 하지 않은 채 **빽빽한** 글씨가 뭉텅이를 이루고 있는데, 이것은 화가 난 고물상 청년의 흥분한 심사를 반영한 것입니다. 만화장르에서 흔히 볼 수 있는 감정이입된 글씨와 소리의 시각화는

---

31 이수진, 「만화기호학의 주요 기본용어와 개념」, 『만화기호학』, 씨엔씨 레볼루션, 2004, 69-71면 참조.

강풀의 <그대를 사랑합니다>에서 인물과 사건의 정황을 전달하는데 적절히 활용되고 있으며, 특히 '김만석'이라는 캐릭터를 입체적으로 전달하는데 적극 활용되고 있습니다.

4. 웹툰3: 객관적 상관물을 통한 주객의 교감과 화합

장편만화 <그대를 사랑합니다>는 서정소설의 전략을 활용하고 있습니다. 서정소설은 주객 화합의 서정적 경험을 중요하게 형상화하면서, 그 경험을 서사적 맥락과 연관된 것으로 그려냅니다. 이때 '서정적 경험'은 내면적이며 무시간적인 경험으로서, 주체와 객체의 내면적 화합을 이루어냅니다. 서정소설의 주인공은 각박한 세상에서 분열된 삶을 살아가는 가운데, 주객화합의 서정적 경험을 함으로써 당면한 어려움을 감내해 냅니다. 작중 인물은 서정적 경험을 통해 내면적 힘을 얻는데, 분열된 삶을 결속시키는 강력한 화합력을 지닙니다.[32]

<그대를 사랑합니다>의 인물들에게 서정적 경험은 늙음, 배우자의 상실, 고독, 주변의 무관심 등과 같은 각박한 외부 현실과 자신을 조화롭게 결속시키는 힘을 줍니다. 이때 '내면적 화합의 대상'으로 객관적 상관물이 활용되고 있습니다. 작중 내면적 화합의 대상은 인물의 서정적 경

---

[32] 나병철, 「<이야기> 플롯과 전망: 서정소설과 서정적 전망」, 『소설의 이해』, 문예출판사, 2004, 316-335면 참조.

험의 대상일 뿐 아니라, 인물의 외형과 성격 창조에도 기여합니다. 김만석이라는 인물을 대표하는 소재는 '우유', '오토바이', '머리핀', '장갑' 등입니다.

가장 두드러진 내면 화합의 대상은 '우유'입니다. 위암 말기의 아내는 죽기 직전, 우유를 먹고 싶어 했으나 먹을 수 없었습니다. 못 먹음에도 불구하고 남편이 자신을 위해 우유를 사주었다는 사실에 기뻐했습니다. 아내의 장례 후, 만취한 김만석은 전봇대에 기대어 토합니다. 지나가던 우유배달원이 속을 달래라고 '우유'를 건넵니다. 김만석은 그 '우유'를 부여잡고, 병고에 시달리던 아내에게 퇴원하면 고작 우유를 매일 사주겠다고 말했던 것을 떠올리며 오열을 토합니다. 후술하겠지만, 영화는 이러한 세부적인 디테일을 살려내지 못합니다.

"더 좋게 더 따뜻하게 말할 수도 있었을 텐데…"

"겨우 우유나 매일 갖다주겠다니 더 따뜻하게 말할 수도 있었을 텐데…"

"이젠 다시 말할 수도 없는데…"

"이젠 다른 말로 바꿀 수도 없는데…"[33]

다음날부터 김만석은 우유배달을 시작했습니다. 그는 매일 새벽 우유를 배달하던 어느 날 송씨를 만납니다. 겨울 새벽녘, 가파른 언덕길에서

---

33 강풀, 『그대를 사랑합니다』 1, 문학세계사, 2007, 30면.

우유배달부 김만석은 폐지 수거하는 송씨와 조우합니다. 오토바이에서 튕겨난 돌에 송씨가 넘어집니다. 김만석은 오토바이에서 내려, 리어커에서 떨어진 폐휴지를 주워줍니다. 고마운 마음에 송씨가 우유를 팔아주려 하자, 김만석은 버럭 화를 내며 남는 것이라며 돈 받지 않고 우유를 건네줍니다.

이후 매일 새벽 김만석은 남은 우유를 송씨에게 건네줍니다. 뿐만 아니라 김만석은 우유보급소에서 모은 팩을 송씨 몰래 그녀의 리어커에 싣습니다. 고물상에서 팩을 발견한 송씨는 "이거 돈 될 거보다 마음이 고마워요"라며 김만석의 배려에 흐뭇해합니다. '우유'는 김만석에게 죽은 아내와 새로운 사랑을 연결해 주는 내적 화합의 대상인 동시에 사건의 유기적 구성에 일조합니다.

김만석의 '오토바이'는 산동네 이른 아침을 깨웁니다. 일찍 하루를 시작해야 하는 사람들이 살고 있는 '산동네'에서, 김만석의 오토바이는 아침을 깨우는 살아있는 자명종입니다. 김만석의 오토바이는 장군봉의 아내 조순이와 송씨를 새로운 삶의 경험으로 이끌면서 노년에 생기를 실어줍니다. 김만석은 집을 못 찾는 치매노인 조순이를 오토바이에 태우고 길을 나섭니다. 김만석의 오토바이는 치매로 인해 세상으로부터 격리되어 있던 조순이에게 세상의 눈부심을 만끽하게 해 줍니다. 조순이가 남편을 만나 집으로 돌아가자, 김만석은 송씨에게도 오토바이를 태워줍니다. 외롭게 평생을 살아온 송씨에게 김만석의 오토바이는 그녀를 행복한 또 다른 인생으로 인도합니다.

'오토바이'는 김만식과 송씨, 지내길던 조순이와 세상을 각각 연결해 줍니다. 이 밖에도 김만석이 송씨에게 선물해 준 '머리핀', 송씨가 김만석에게 선물해 준 '장갑'은 양자 간 애정의 증표로서, 일련의 상관물은 그들 간의 물리적인 거리를 좁혀 주면서 상대에 대한 애정을 확인하고 그들이 사랑을 공유하고 있음을 지속적으로 확인하게 해 줍니다.

작중에서 '노랗고 둥근 달'은 밝고 온화한 이미지로서, 독자들에게 인물의 내면을 입체적으로 보여주는 내면 화합의 서정적 대상입니다. 환하고 밝은 달빛은 치매 걸린 조순이에게 기쁨과 환희를 표상합니다. 김만석의 오토바이를 타고 세상을 구경하고 돌아온 후, 조순이는 벽에 큰 달빛을 그려 넣으면서 그녀가 본 아름다운 세상에 대한 환희를 표현합니다.

젊은 시절 송씨가 강원도에서 집을 떠나던 날 새벽, 밝고 온화한 달빛은 언제든지 딸을 포근히 감싸준 엄마의 너그러운 마음을 표상합니다. "넘어지지 않게 잘 보이라는 듯 휘황했던 달"은[34] 집을 나가는 딸에게 건네는 엄마의 애틋하면서도 따사로운 시선을 대변합니다. 이러한 시각적이고 정감어린 소재는 만화의 평면성을 초월하여 인물 내면의 추이를 보여주는 등 입체성을 구현합니다.

장군봉이라는 인물을 설명해 주는 객관적 상관물로 '커피'와 'pony2'를 들 수 있습니다. 그는 색맹과 색약으로 택시운전을 그만두고, 치매에 걸린 아내를 건사하기 위해 동네 주차장에서 일합니다. 장군봉은 새벽 5시부터 밤 12시까지 주차장을 관리하며, 귀가 후에는 치매 걸린 아내를

---

34 강풀, 『그대를 사랑합니다』 2, 문학세계사, 2007, 242면.

병수발 합니다. 그는 아내를 목욕시키고 옷을 갈아입힌 후, 하루의 일과를 얘기해주면서 아내를 재웁니다. 수면이 부족한 그는 주차장에서 늘 커피 마십니다. 장군봉은 이른 새벽 고물상 앞에 서 있는 송씨에게, 주차장에 불쑥 나타난 김만석에게 커피를 주는 호의를 보이며 그들과 인연을 만들어나갑니다. 장군봉이 김만석과 송씨에게 건네는 '커피'는 돈독한 우정의 매개물입니다.

택시기사였던 장군봉을 대표하는 또 다른 대상은 'pony2'입니다. 장군봉이 아내를 데리고 병원가는 날, 네 사람은 'pony2'를 타고 소풍갑니다. 짧은 한나절의 여행이었지만, 조순이는 세상의 아름다움을 만끽할 수 있는 시간을 보냈으며 나머지 세 사람 역시 서로 포용하고 공감하는 합일의 시간을 보냅니다. 장군봉은 죽기 전에 차에 기름을 채워놓고 송씨 고향집의 약도까지 그려 놓았습니다. 장군봉은 죽었지만, 그의 'pony2'는 친구에 대한 그의 우정을 전달하는 지속적인 정감의 매개물입니다.

제21화 '돌멩이'에서 돌멩이는 네 사람의 운명과 인연을 연결해 주는 매개이자, 삶에 대한 작가의 성찰이 드러난 내면적 화합의 대상입니다. 김만석이 부인의 죽음을 슬퍼하며 전봇대 아래에서 오열을 터뜨리는 순간, 그의 발밑에는 돌멩이가 있습니다. 그 돌멩이가 무수한 발에 차여 송씨와 김만석이 다니는 길목에 놓여 있었으며, 그 돌멩이가 새벽길 우유 배달하는 김만석 오토바이에 차여 폐지 줍는 송씨의 손수레에 떨어집니다. 그 돌멩이가 또 무수한 사람의 발길에 차여 송씨 집 앞에 놓여 있었고, 김만석은 그 돌멩이를 집어 들고 송씨 집 창을 두드려 생일을 축하해 줍니다.

네 사람이 소풍을 다녀오던 날, 그 돌멩이는 치매 걸린 조순이에 의해 송씨에게 선물로 전달됩니다. 송이뿐은 그 돌을 고이 받아들고, 다음과 같이 말합니다. "난 보잘 것 없이 흔하게 발에 채이는 돌멩이였지만, 난 이름이 있는 특별한 돌멩이가 되었어." 송씨는 네 사람의 이름을 돌멩이에 기입하면서 그 날의 기쁨을 가슴에 새깁니다. 만화에서 송씨의 고백을 통해 전달되는 이 부분은 한 편의 서정시입니다.

> "돌멩이. 나와 같구나. 난 이름이 생겼어. 쓸 수도 있게 되었어. 난 오늘 행복해. 난, 보잘것없이 그저 늙어만 가는 노인네였지만 난 이제 특별한 사람이 되었어. 난, 보잘것없이 흔하게 발에 채이는 돌멩이였지만 난 이제 이름이 있는 특별한 돌멩이가 되었어."[35]

강풀의 순정만화 시리즈는 내면 화합의 대상을 통해 일상의 바탕이 되는 가족과 가정의 소중함을 일깨우며, 외롭고 쓸쓸한 개체가 또 다른 개체와 더불어 사랑을 공유하는 과정을 보여줍니다. <순정만화>에서 내면적 화합의 대상은 '넥타이', '목도리', '담배', '붕어빵', '눈' 등입니다. 작중에서 '넥타이'와 '목도리'는 사랑을 시작하는 남녀가 서로를 발견하고 마음을 전달하는 소재입니다.

일련의 소재는 아저씨와 여고생이, 여사무원과 남고생이 사랑을 나누는 매개로서 서로의 사랑을 전달하고 확인하게 해 줍니다. '부모를 여의

---

35 강풀, 위의 책, 232-234면.

고 외롭게 사는 청년 김연우', '사랑의 감정을 의심하는 삐딱한 소녀 한수영' '남자로부터 버림받은 권하경'과 '고3입시생 강숙'. 이들은 내면적 화합을 경유하여 각자의 겨울을 견뎌내며 청춘의 봄을 맞이합니다.

<바보>에서 '신발', '별', '피아노' 등과 같은 소재 역시 작중 인물의 성격은 물론 사건을 진행시키는 촉매가 됩니다. 미국유학에서 돌아온 지호는 승룡이가 놓고 간 '신발' 한 짝을 주워들고, 이후 승룡이에게 찾아가게 됩니다. 어머니는 승룡이에게 죽은 아버지는 하늘의 '별'이 되었다고 하고, 승룡이는 어머니가 죽자 어머니 역시 하늘의 별이 된 것으로 여겨 별이 반짝이는 밤하늘을 올려다 봅니다.

지호가 '피아노'로 연주하는 '작은 별'은 승룡이에게 돌아가신 엄마, 아빠의 존재를 환기시키며 하늘의 별이 현실에 존재할 수 있는 행복을 선사해 줍니다. 지호의 피아노는 피아니스트 지호의 자아실현을 초월하여, 승룡이에게 돌아가신 엄마, 아빠의 따뜻한 사랑과 부재한 가정의 행복을 만끽시킬 수 있는 치유와 행복을 선사합니다. 이와 같이 일련의 순정만화 시리즈에서 내면적 화합의 대상은 인물과 인물을 연결시키면서, 동시에 사건의 촉매가 되어 각각의 인물이 사랑을 공유하도록 만들어 줍니다.

5. 웹툰으로부터 영화의 차이: 현재화, 상상의 장치 부재

웹툰과 영화의 차이는 무엇일까요. 영화 <그대를 사랑합니다>의 분석을 통해 웹툰과 영화의 차이를 살펴보겠습니다. 영화는 2011년 2월 17일 개봉되었으며, '로맨스/멜로' 장르로 명시되었습니다. 영화가 만화와 구분되는 뚜렷한 점은 음악(청각적 요소)의 삽입입니다. 영화는 도입부에서부터 바이올린, 피아노의 서정적 선율을 통해 따뜻한 분위기를 자아냅니다.

배경음악은 다음과 같이 연주곡과 노래가 순차적으로 등장합니다. 강민국 'Intro', 루시드 폴 '우리들의 아름다운 시간은', 강민국 'Love Theme', 옥상달빛 '들꽃처럼', 강민국 'Long Goodbye' 김만석과 송씨가 만나는 장면 중에는 노래가 삽입되어 로맨스의 서정성을 진작시킵니다. 영화는 만화와 달리 청각적 효과를 충분히 살릴 수 있는 이점이 있습니다.

영화는 원작의 내용을 충실히 반영하고 있지만, 다음과 같이 주제를 분명히 하고 단일화합니다. 첫째, 김만석과 송씨를 통해 노인의 순정을 극대화합니다. 둘째, 장군봉 내외의 애절한 부부애를 부각시키는 반면 그와 대조적으로 자식들의 무관심을 추가합니다.

김만석과 송씨의 사랑을 강조하기 위해 영화에서는 다음과 같은 변형을 가합니다. 김만석과 송씨의 이전 배우자에 대한 정보는 소략하게 전달되거나, 아예 등장하지 않습니다. 만화에서는 작품 초입부에 죽은 아내에 대한 김만석의 애절한 슬픔이 부각 된 데 비해, 영화에서는 생략됩니다.

송씨 역시 만화에서는 서울에서 전남편과 해후하는 데 비해, 영화에서는 전남편의 생사에 대한 정보가 없습니다. 만화에서는 서울에서 송씨가 김만석의 가죽잠바를 사러 시장에 갔던 날, 첫 남편과 재회하는 장면을 보여줍니다. 영화에서는 노년에 사랑을 발견한 할아버지와 할머니의 심리적 정황에 초점을 맞춘 나머지, 그들의 이전 삶에 대한 정보를 최소화합니다. 작중 남녀의 현실적 삶의 상처를 최소화하는 대신, 그들의 현재 상황에서 벌어지는 서정적 화합을 강조합니다. 영화에서는 김만석과 송씨의 과거가 소략하게 처리되는 대신, 그들의 데이트 장면을 첨가했습니다. 낮에 만나서 함께 시내버스를 타고, 그들은 포장마차에서 순대국밥을 사 먹습니다.

영화에서는 남녀 인물에 초점을 맞추기 위해, 만화에서 보인 전근대적인 관습이 제거됩니다. 만화에서는 송씨의 '이름' 없음과 관련하여 여성에게 부과된 전대의 봉건적 관습이 시사되었습니다. 만화에서는 딸이 많은 집안의 막내딸이라서 아버지가 송씨의 이름을 지어주지 않은 데 비해, 영화에서는 아버지가 일제 시대 징용 간 이후 집으로 돌아오지 못한 까닭에 막내의 이름을 지어주지 못한 것으로 설정되어 있습니다. 영화에서 송씨는 김만석에게 아버지가 징용 가서 돌아오지 못했기 때문이라 고백합니다. 일제하 징용이라는 피치 못할 정황을 설정해 놓음으로써, 남존여비와 같은 전근대적 관습을 소거한 것입니다.

만화에서는 송씨가 낳은 딸 역시 '아가'라 불릴 뿐, 이름을 갖지 못한 사실이 부각되어 있습니다. 일찍이 집을 나간 난봉꾼 아버지로 말미암아, '아가'는 10살이 되도록 아버지가 돌아오지 못해서 이름을 갖지 못한 채 전염병에 걸려 죽습니다. 그 결과 어머니와 마찬가지로 딸 역시 전근대적 인습의 희생자로서 전대 여성의 비극적 삶이 강조되었습니다. 반면 영화에서 송씨이 아기는 일찍 강보에 쌓인 채 병고로 죽은 것으로 처리되어, 송씨 삶의 비애에만 초점을 맞춥니다. 만화에서는 이름을 명명할 수 있는 주체를 '아버지'로 국한해 놓음으로써, 전근대적 여성의 불행한 삶을 보여줍니다.

> "내 딸이 다섯 살이 되었을 때… 자기는 다른 또래들과는 다르게 이름이 없다는 것을 알았죠… 난 하지만 이름을 지어줄 수가 없었어요. 아빠가… 애 아빠가 이름을 지어줘야 한다고 생각했거든요. 꼭 돌아올 거라고 믿었거든요… 아이는 그렇게 이름도 없는 채로 살았어요. 나처럼…"[36]

만화에서는 이름을 갖지 못한 여성의 불완전함과 불행을 강조합니다. '송씨'를 통해 이름을 갖지 못한 자는 세상에 존재감은 물론 타인으로부터 온전한 사랑을 받지 못함을 시사하고 있습니다. '이뿐'이라는 '이름'을 가졌을 때, 온전한 사랑을 받으며 행복을 만끽하게 됩니다.

영화에서는 송씨 아버지의 부재를 일제 징용으로 처리하고 아이가 갓난아기 때 죽는 것으로 처리함으로써, 남성 중심의 전근대성 아래 여성의 불우한 삶이 아니라 '노년의 삶'에 초점을 맞추었습니다. 만화와 달리 영화는 전근대적 여성의 삶이 지닌 질곡을 다루지 않고, 김만석과 송씨의 사랑을 강조합니다. 김만석과 송씨의 순정은 그들이 헤어지는 장면에서 극대화됩니다. 김만석은 송씨를 강원도 고향집으로 데려다 주면서 고속도로 휴게소에서 송씨에 대한 애틋함을 다음과 같이 표현합니다.

---

36 강풀, 『그대를 사랑합니다』 1, 문학세계사, 2007, 249면.

"한번 안아봐도 되까?"

"다시 볼 수 있을까"

"죽기 전에 또 볼 수 있을까"

영화에서는 노인의 순정 외 죽음을 초월한 부부애가 강조되어 있습니다. 장군봉은 잠자리에 들기 전 아내와 이야기를 나눕니다. 연탄가스를 피우고 수면제를 먹기 전에, 그들은 서로의 사랑을 고백합니다. 아내가 세상에서 가장 예쁘다는 것과 죽어서 다시 태어나도 아내와 결혼하겠다고 말입니다.

이 순간, 아내는 제정신으로 돌아와 그녀는 다시 태어나면 남편과 결혼하지 않겠다고 말합니다. 왜냐하면 너무 받기만 하고 주지는 못했기 때문이라고 말입니다. 이러한 대화는 만화에 없던 것입니다. 특히 아내의 고백은 영화에만 삽입된 것입니다. 동시에 영화에서는 자식들의 무심함을 강조함으로써 죽음을 맞는 두 노인의 슬픔에 회한을 더 해줍니다. 장군봉이 자식들을 집에 불러들인 날, 며느리들이 시부모를 모시기 꺼리는 대목이 첨가되었습니다. 장군봉은 아내의 죽음이 임박하자, 죽기 전에 자식들을 볼 요량으로 아무런 이유 없이 자식들을 집으로 불러들입니다. 그날 밤 갑작스런 시부모의 호출에 며느리들은 당황합니다. 큰며느리는 둘째며느리에게, 둘째며느리는 큰며느리에게 시부모 봉양을 떠넘깁니다. 지금까지 살펴본 바와 같이 영화는 노인의 순정을 극대화 하는 한편, 노년의 애절한 부부애와 자식들의 무관심을 병치시켜 노인 문제를 사회문제로 바라봅니다.

주제의 뚜렷함에 비해, 영화는 캐릭터의 내면과 사건 추이를 섬세하게 표현해 내지 못했습니다. 만화는 김만석이 송씨에 대해 싹트는 이성적 감정의 묘사가 구체적이었습니다. 귀가 어두운 김만석의 눈에는 송씨의 입술이 육감적으로 포착됩니다. 만화에서는 김만석 눈에 비친 송씨의 동그란 입술이 클로즈업 되는데, 송씨의 동그란 입술의 육감에 김만석이 당혹스러워하는 감정의 추이를 잘 표현하고 있습니다.

반면 영화는 두 사람의 만남과 끌림에 대한 필연성이 만화에 비해 섬세하지 못합니다. 장군봉이 아내의 병을 알아차리는 데 있어서도, 만화가 훨씬 구체적인 정보를 전달합니다. 영화에는 장군봉이 색맹이며, 노화와 더불어 색의 구별이 어려워서 택시기사를 그만두게 되었다는 설정이 나타나 있지 않습니다. 만화에서는 장군봉의 색맹이 아내의 혈변을 확인하지 못하는 계기로 작용하는 데 비해 영화에서는 그에 대한 설명이 없습니다. 혈변은 장군봉의 집에서 빨래해 주던 송씨가 발견하고, 김만석이 화장실에서 조순이의 혈변을 눈치챈 것으로만 처리되어 있습니다.

그 외에도 영화는 만화에 비해 다음과 같은 차이를 보입니다.

1. 송씨는 장군봉으로부터 한글을 배우는 대신 틈틈이 장군봉의 집에 가서 그의 아내를 돌봅니다. 만화에서는 처음 찾아갈 때 '과자'를 사 가는 것으로 설정되어 있는데, 영화에서는 '바람개비'를 접어주고 빨래해 주는 것으로 나타납니다.

2. 영화에서 장군봉의 주차장 근무시간은 5시~10시인데 비해 만화에서는 5시에서 12시로 되어 있습니다. 영화에서 장군봉은 주차장 자리를

비우는 데에 있어 비교적 자유롭습니다. 장군봉이 자리를 비운 사이, 고물상 청년이 주차장 관리를 대신해 주는데 그 역할을 맡은 배우의 개성이 부각되어 있습니다.

3. 네 사람의 소풍장소가 만화에서는 한강 고수부지인데 비해 영화에서는 바다입니다. 만화에서는 병원에서 검사받은 날 장군봉의 아내가 소풍가고 싶어 하자 김만석이 소풍 길을 주선하는데, 영화에서는 아내를 생각하는 장군봉의 주도하에 소풍 갑니다.

작품 종결에 있어서도 영화에 비해 만화가 진한 여운을 남깁니다. 영화는 김만석의 죽음으로 이야기가 종결됩니다. 김만석이 숨을 거두기 전에 오토바이를 타고 강원도의 시골집에서 송씨를 만나 함께 오토바이를 타고 떠나가는 것으로 이야기가 끝납니다. 반면, 만화에서는 김만석의 죽음 이후에도 송씨는 김만석이 살아있을 것으로 여겨 그와의 추억을 반추하는 것으로 마무리됩니다. 강원도 시골집에서 송씨는 '커피'를 마시며 '머리핀'을 만지작거리고, '돌멩이'를 바라봅니다.

만화에서 인물 간에 공감의 이루어지는 과정이 서정적 풍경화처럼 구체적이었다면, 영화는 노인들의 순정과 노인의 삶이 지닌 사회 문제로 주제가 단일화 되었습니다. 그렇게 된 이유로, 영화에서 선명하게 선이 굵은 캐릭터의 성격화를 들 수 있습니다. 히치콕은 '캐스팅은 성격창조'라고 지적하였습니다. 일단 하나의 배역이 결정되면, 특히 성격배우에게 있어서는, 그가 맡을 극중 인물의 성격이 사실상 결정되어 버리는 셈입니다. 어느 의미에 있어서 스타는 다른 사람들보다 더 사실적인데, 이는 낡은 사람들이 작품 속의 이름보다는 배우의 이름으로 극중 인물을 지칭하는 이유이기도 합니다.[37] 기존에 누적된 배우의 이미지들이 작중 인물의 성격에 첨가되었습니다. 원작의 캐릭터가 배우의 성격과 결합되는 과정에서, 인물의 성격에 다중적인 변모를 초래됩니다.

예컨대 이순재는 기존 드라마에서 '야동순재'라고 고착된 캐릭터의 성격이 원작의 인물에 첨가됩니다. 김수미 역시 기존의 강하고도 코믹한 성격이 부각되면서 조순이의 성격을 무겁지 않고 가볍게 만들었습니다. 결과적으로 김만석을 비롯 영화의 캐릭터들은 사건의 디테일 및 섬세한 연기(演技)보다 오히려 기존에 누적된 배우의 성격에 의해 희극적 요소가 부각되었습니다. 웹툰이 구체적인 정황의 세밀한 묘사, 인물 내면의 입체적 보여주기를 통해 서정성을 부각시키고 감동을 주었다면, 영화에서는 선이 굵은 배우들의 코믹하고 유쾌한 성품이 첨가됨으로써 노인 문제와 더불어 희극적인 재미를 부각시켰던 셈입니다.

영화에서 관객들은 개성적인 캐릭터를 발견하고, 그들이 재현하는 노인의 삶을 해석없이 수용하게 됩니다. 영화는 젊은 세대가 바쁘고 힘든 현실의 경쟁에서 살아남기 위해 접어두었던 노인의 삶(연로하신 아버지, 어머니)을 현실의 문제로 다시 불러들이는 역할을 수행합니다. 그 결과 영화는 현실에서 존재감을 상실해 가는 노인의 순정과 자식들의 무관심을 강조하여 관객들에게 교훈과 경계를 일깨웁니다.

전체적으로 느끼고 공감하는 서정성을 극대화한 만화에 비해, 웹툰 <그대를 사랑합니다>는 배우들의 분명한 성격으로 인해 '해석적 경험'

---

37 L.쟈네티, 김진해 옮김, 「6 배우」, 『영화의 이해』, 현암사, 1993, 256-257면.

이 끼어들 여지가 없습니다. 그런 의미에서 만화가 영화에 비해 다양한 상상의 장치들이 있어서 독자들과 훨씬 긴밀하게 소통하고, 독자들이 주체적으로 해석할 수 있는 공감의 장을 지니고 있음을 알 수 있습니다.

6. 공감의 구조화

지금까지 강풀의 웹툰 <그대를 사랑합니다>를 통해 만화의 형식이 인물의 감정을 배치하고 공감을 구조화 한다는 것을 알아보았습니다. 강풀은 만화의 형식 미학을 극대화 하여, 작품 내용에 따른 적절한 형식을 창출하고 변용해 냈습니다. 만화의 장치를 적극적으로 활용하여 공감을 구조화 했던 것입니다.

강풀이 만화에서 거두어들인 성과는 세 가지로 정리할 수 있습니다. 첫째, 순수한 감정과 애정을 전달하는 장르로서 강풀의 순정만화는 '칸'과 '사이'의 적절한 활용을 통해 작중 인물의 감정을 풍부하게 독자에게 전달하고 있습니다.

둘째, 만화 특유의 감정이입 된 글씨의 변용과 소리의 시각화는 자칫 무거울 수 있는 노인 문제를 가볍고 희극적으로 전달해 내는데 성공했습니다. 70대 노인의 순정이라는 정적이고 무거운 주제를 만화 형식 특유의 가벼움, 감정이입 된 글씨와 소리의 시각화를 통해 독자들에게 호소력을 줄 수 있었던 것입니다.

셋째, 작중 인물들은 다양한 내면 회합의 대상을 통해 시경적 경험을 보여줍니다. 작중에서 각각의 인물은 내면 화합의 대상과 동일시 됨으로써 인물의 성격 창조는 물론, 개연성 있는 사건을 전개합니다. 내면 화합의 대상은 인물과 인물을 연결시켜 주는 객관적 상관물로서, 그 대상을 경유하여 종국에는 서로에 대한 사랑과 애정을 공유하게 해 줍니다.

반면 영화는 탄탄한 서사와 선이 굵은 배우들의 연기를 통해 다음과 같은 차이를 보입니다. 첫째, 주인공 김만석과 송씨의 사랑을 극대화하는데 초점을 맞추고 있습니다. 이를 위해 이전 배우자들에 대한 정보를 최소화하고 남성 중심의 전근대적 요소를 일소했습니다. 둘째, 장군봉 내외를 통해 부부애를 극대화시키는 반면, 연로한 부모에 대한 자식의 무관심과 무책임을 첨가했습니다.

선이 굵은 배우들이 기존에 만들어 놓은 성격이 원작 인물의 성격에 가미되면서 주제가 명쾌하게 전달된 반면, 사건의 미세한 추이를 비롯하여 인물의 내밀한 감정 변화를 보여주지 못합니다. 다시 말해 만화에 비해 영화는 독자에게 해석적 경험을 주지 않습니다. 그런 의미에서 만화는 '보기' 및 '읽어내기'를 통해 작가가 작중의 캐릭터와 풍부하게 공감할 수 있는 여지를 보여주고 있음을 알 수 있습니다.

그렇다면 만화와 영화의 공통점은 무엇일까요. 양자 모두 공감(共感)의 미학을 극대화 한다는 것입니다. 첫째, 작품 내적으로는 '인물간의 공감'이 두드러집니다. 인물과 소재의 동일시를 통해 사건과 만남의 개연성을 부여합니다. 특히 만화는 특정한 한 사람의 눈에 비친 사건과 세상을 보여주는 것이 아니라, 김만석, 송씨, 장군봉 세 사람의 시점에서 사건과 이야기의 전모를 보여줍니다. 같은 공간에서 같은 곳을 바라보는 인물들

각각의 시점에서 사건을 보여줌으로써, 인물과 인물간의 소통과 공감을 극대화합니다.

둘째, 작품 외적으로 '작가와 독자의 공감'을 극대화 합니다. 영화에서는 관객들에게 친근한 배우의 연기를 통해 익숙하고 신뢰할 만한 인물의 성격이 창조되었습니다. 만화는 연재과정에서 실시간 독자들의 반응이 작가에게 전달되므로 작가의 창작욕을 자극하고, 서사의 긴장을 유지하도록 했습니다. 독자의 공감은 작가가 창작에 더욱 몰입할 수 있는 기폭제가 되었습니다. 셋째, 작가의 순수한 감성이 이 사회의 고령화 현실과 교감하여 주제 의식을 더욱 공고히 할 수 있었습니다. 노령화 사회에 접어들면서 사람들은 '노인으로서 삶'을 오랫동안 살아야 하는데, 강풀은 만화라는 무겁지 않은 장르를 통해 이 문제를 적실하게 시사하고 있다는 점에서 대중의 공감을 자아냈습니다.

원작자 강풀은 감정을 배치하고 구조화 하는 데 능숙한 작가입니다. 그는 보이는 데도 보지 못하는 것, 의미가 있는데도 의미를 찾지 못하는 것을 감정이입의 구조화를 통해 독자들에게 시각적으로 전달해 냅니다. 작가가 가슴으로 느낀 것을 시각적으로 표출한 것입니다. 장뤽 낭시에 의하면, "감각이란 경험가능성들끼리의 상호회부, 순환, 교환, 공유 다시 말해서 바깥, 즉 무한을 향해 열릴 수 있는 가능성과 맺는 관계"를 말합니다.

"여기서는 공통적인 것이 문제의 전부이다. 감각, 의미, 감각작용, 감정, 감수성, 육감, 이것은 공통적으로만 주어진다. 더 정확히 말하면, 그것은 공통적인 것의 조건 자체이다."[38]

작중 인물 모두는 서로 공통의 조건을 갖고 있으며, 여기에서 공통의 감정이 시작됩니다. 1998년 겨울 작중 주인공들은 76살의 할아버지(김만석), 77살의 할머니(송씨), 79살 할아버지(장군봉)와 그의 아내 모두 80살을 앞둔 시점입니다. '겨울'이라는 원형적 시공간 역시 노년의 삶과 공통의 조건으로 배치됩니다. 그들은 겨울 한철을 함께 했으며 그들 간의 공감의 정서는 시간과 공간을 초월합니다. 그들 모두 "내일 당장 죽어도 이상할 것이 없는 나이"임으로, 공감의 진정성을 더합니다. 김만석과 송씨는 단지 겨울 한철에 맺어진 사랑이지만, 서로에 대한 애틋한 사랑을 마음에 품고서 남은 생을 마칩니다. 김만석과 송씨의 사랑은 동감의 결실입니다.

그들이 공유하는 사랑은 완성을 향해 나아가는 것이 아니라, 과정에서 발생합니다. 이러한 사실은 강풀의 첫 장편만화에서도 찾아볼 수 있습니다. <순정만화>에서 여고생은 실패한 사랑을 운운하는 남학생에게 다음과 같이 말합니다.

"사랑이 뭐 완성시키는 물건이냐? 실패한 사랑이 어딨어? 그 과정도 사 사랑이잖아! 그 순간 순간이 다 사랑이잖아! 넌 지금도 사랑하는 중이

38 자크 랑시에르, 김상훈 외 옮김, 「유한하고 무한한 민주주의」, 『민주주의는 죽었는가』, 난장, 2010, 122면.

야!" "사랑은… 완성하는 게 아니라고…?"[39]

　　이는 알랭 바디우가 지적한 사랑의 진리가 형성되는 공정과 동일합니다. 진리에 있어서 사랑은, 그 힘이 근본적으로 감상성과 섹슈얼리티를 초과하는 순수 사건, 만남에 달려 있습니다. 바디우에 의하면 사랑은 순수한 만남에서 비롯됩니다. 두 도정(道程)의 우연 말고는 그 어떤 것도 사랑을 결정짓거나 미리 규정하지 못합니다. 이 우연에 앞서서는, 오직 고독들밖에 없습니다. 어떠한 둘도 만남에 앞서 존재하지 않습니다. 만남은 둘 자체를 정립하는 것입니다. 만남이 만들어내는 사랑의 형상 속에서 둘이 돌발적으로 생겨납니다. 사랑은 결코 융합이나 유출이 아닙니다. 사랑은 둘을 둘로서 존재할 수 있도록 하는 힘겨운 조건입니다.[40]

　　김만석과 송씨에게 합일을 이루는 결혼은 중요한 문제가 아닙니다. 죽음에 근접한 나이의 그들에게 결혼이 또 다른 상실감을 초래할 수도 있지만, 오히려 그들은 공감을 극대화하기 위해 각자 자신의 공간을 살아 낼 필요가 있습니다. 그들은 결혼이라는 현실적인 합일 대신 추억을 마음에 묻고 오랫동안 공유하는 것으로 남은 생을 살아갑니다. 그들의 사랑은 그들 각각이 둘로 존재할 수 있도록 하는 힘겨운 조건입니다. 송씨가 귀향한 후, 홀로 남은 김만석은 묵묵히 새벽길 우유배달을 나가

---

39 강풀, 『순정만화』하, 문학세계사, 2004, 323면.

40 알랭바디우, 이종영 옮김, 「유적인 것에 대한 글쓰기: 사무엘 베케트」, 『조건들』, 새물결, 2006, 473-486면 참조.

면서 그녀가 부재한 골목길의 일상을 꾸려 나갑니다. 송씨 역시 고향에서 행복한 기억을 간직하며 늙어갑니다.

그 결과 두 노인의 순정은 사랑의 순수성과 유구함을 실현해 보입니다. 그것은 사건 이전에 김만석이라는 주체의 내면에 확고하게 뿌리 내린 진정성에 있습니다. 김만석이 '그대'와 '당신'을 구분한 데에서 짐작할 수 있듯이, 그는 격식과 진정성을 담보한 믿음직스런 사랑의 주체의입니다. 김만석에게 '당신'은 처음 부부의 관계를 맺은 조강지처에게만 호명되는 명칭입니다. 그에게 '당신'은 "먼저 간 당신"을 부르는 호칭입니다. 반면 번듯한 부부애를 공유해 본 적이 없었던 송씨는 김만석과 헤어지게 전에 "당신을 사랑합니다"고 하여, 그녀에게는 김만석이 자기 인생의 최초이자 최후의 '당신'임을 고백합니다.

알랭바디우의 감산의 시학을 '노인'의 정체성에 적용하자면, 그들은 감산의 존재입니다. 그들은 점차 세상과 단절되어 갑니다. 육체적 노쇠외, 외부의 관심으로부터 단절되어 갑니다. 이것을 극단적으로 보여주는 인물이 치매를 앓는 장군봉의 아내 조순이입니다. 작가는 장군봉의 안방에 십자가를 배치함으로써, 이들의 삶이 신의 지킴을 받고 있는 것으로 배치합니다.

참고로 강풀의 아버지는 20년 넘게 목사로 재직하다가 70을 넘어 은퇴했다고 합니다.[41] 앞으로 감해야 할 시간과 육체밖에 남지 않은 노인이기에, 그들이 함께 한다는 것은 안정을 줍니다. 그들은 개체로 존재하는

---

41 윤현진, 위의 글.

현실에서 공동체를 형성하며 각자의 순정을 공유합니다.

사회와 주변 사람들로부터 소외되기 쉬운 '노인들' 간의 공감이 서사의 뼈대를 이룸으로써, 독자(관객)들에게 인간의 원형적이고 보편적인 공감을 자아냅니다. 강풀의 서사는 소시민이 그들의 내면에 가라앉아 있는 도덕 정의 사랑과 발견하고 확인할 수 있도록 만들었습니다. 서사의 조건을 통해 도덕 정의 사랑이 실현되는 과정을 보여줌으로써 현실의 경쟁구도 속에서 이기심으로 가득 찬 소시민 독자에게 카타르시스도 제공합니다. '아직 우리는 사랑하고 있다'와 같은 은근한 메시지를 던져 줍니다. 그 과정에서 독자(관객)은 '남의 일을 자신의 일처럼 느끼기'를 통해 정서적 치유 카타르시스를 경험하는데, 이러한 이유로 <그대를 사랑합니다>는 대중성과 미학 양자 모두를 성취해 낼 수 있었습니다.

만화와 영화라는 장르 차이에도 불구하고, 양자 모두 '공감의 시학'을 실현할 수 있었던 것은 <그대를 사랑합니다>가 지닌 탄탄한 서사력에 있습니다. 첫째 그는 표현형식과 주제 의식에 있어서 미적, 윤리적 근거를 고심하는 작가정신을 지니고 있습니다. 둘째 어디에도 얽매이지 않는 강풀의 자유로운 감성은 21세기 뉴미디어의 도래와 그에 따른 사회 문화적 조건에 상응하여, 웹툰의 강점인 독해 및 독자 확보를 극대화 시켰습니다.

그 결과 강풀이 만든 공감의 시학은 매체를 초월한 공감력을 발휘할 수 있었습니다. 작품 내적으로는 인물과 인물간의 공감이, 작품 외적으로는 작중 인물과 독자(관객)의 공감이, 사회적인 관점에서는 노령화 사회에 접어든 우리 사회와 작가의 감성이 서로 공감을 이루어 낸 것입니다. 이와 같이 다층적으로 공감을 극대화 하고 있는 서사를 통해, 독자와 관객은 카타르시스를 경험합니다.

정서의 미적 형상화

만화 『노근리 이야기 1·2』(2006·2011)

1. 텔링(telling)의 구조화

만화는 정서를 미적으로 형상화합니다. 눈에 보이지 않는 정서를 만화는 어떻게 미적으로 형상화 할 수 있을까요. 이 글에서는 박건웅의 만화 『노근리 이야기 1·2』(새만화책, 2006·2011)를[1] 통해 비언어적 기호로서 삽화가 거둘 수 있는 미학적 성취를 살펴보려 합니다. 이에 앞서 우선 텔링(telling)의 구조로서 만화의 효율성을 알아보고, 만화와 원작소설, 사건진상 보고서 간의 비교를 통해 만화가 지닌 매체 차이에 주목해 보겠습니다.

---

[1] 이 작품에 대한 선행연구로 주완수의 「만화에 있어서의 전쟁과 기억—노근리 이야기를 중심으로」(『제4회 노근리 국제 평화학술대회』, 2010.12, 21-40면)가 있습니다. 전쟁을 소재로 한 세계의 만화를 소개하고 있으며, <노근리 이야기>는 기억과 치유라는 주제로 소개하고 있습니다.

콘텐츠의 중핵이 되는 '스토리텔링(storytelling)'은 서사 형식의 원질입니다. '스토리(story)'는 어떤 줄거리를 가진 이야기이고, '텔링(telling)'은 매체의 특성에 맞는 표현 방법입니다. 각각의 장르는 스토리텔링이란 공통점을 지니면서도 매체의 특성 때문에 형식상의 차이를 지닙니다. 예컨대 이야기가 종이 매체에서 표현될 경우 문학이 되고, 영상 매체에서 표현될 경우 영화가 되며, 디지털 매체에 표현될 경우 게임 등 디지털 서사가 됩니다.[2] 같은 맥락에서 종이 매체이면서 그림으로 표현될 경우 만화가 됩니다.

문화콘텐츠의 본질은 콘텐츠 생산에 있고, 콘텐츠 개발의 핵심에는 '매체에 맞는 이야기하기'인 스토리텔링이 자리 잡고 있습니다. 매체의 특성에 부합하는 '텔링(telling)'을 구사함으로써 그 가치가 극대화 된다고 볼 때, 박건웅은 기존의 '스토리(story)'에 '텔링(telling)'으로서 '삽화'의 전달력을 극대화 시켰습니다. 그는 만화를 "칸과 칸 사이에 하나의 우주가 담겨 있다는 생각"으로 "못 담을 게 없는 거대한 매체"로[3] 보았습니다. "눈에 보이지 않는 것들을 보게 하고 연상 작용을 통해 늘 역사를 접하게 해주는 독특한 매체"라는 점에서[4] 만화의 가시적 효과와 인식의 용이성을 간파한 것입니다.

역사적 진실을 적극적으로 만화화 함으로써 만화에 대한 사회적 인식

2   최혜실, 『문화콘텐츠, 스토리텔링을 만나다』, 삼성경제연구소, 2006.

3   임인택, 「가벼운 터치? 현실 파노라마 긴 호흡으로!」, 『한겨레』, 2004.8.8.

4   황준호, 「작가 박건웅 "증언세대가 사라지기 전에 기록해 둬야 한다"」, 『프레시안』, 2006. 12.4.

을 개선하고, 만화는 '예술' 또는 그림소설(graphic novel)로 격상될 수 있습니다.[5] 소설이 고도로 추상화한 언어를 이용하여 독자들의 상상력과 비판적인 사고를 요구하는 데 비해 만화는 시각을 특권화 하여 이미지를 직접 제시하는가 하면, 주요 캐릭터들에 대한 의존도가 대단히 높은 편입니다.[6] 박건웅은 시각 이미지를 통한 캐릭터 창조를 통해 양민 농민과 어린이의 성격창조, 학살 추이와 정황을 감각적으로 표현합니다.

만화는 도상적 텍스트인 그림과 문자적 텍스트인 대사가 변증법적으로 총합된 이야기 구조(storytell-ing)의 유형으로 볼 수 있습니다. 대중문화(mass culture)와 팝아트(pop art)의 중복지대에 위치하며, 문화상품으로서 역설적인 주목을 받고 있는 장르입니다. 팝아트는 후기 산업사회에 출현한 예술장르 형식으로 기존의 정형화된 허위의식을 붕괴시키고, 스스로의 계급성과 자본력을 지닌 이데올로기적 자본들의 저항성을 공식화시키며 대중적인 문화상품을 구성해 냅니다.[7]

강풀의 웹툰을 통해서도 살펴보았지만 만화 언어의 기본적인 요소는 칸(panel)입니다. 칸은 대개 직사각형이나 정사각형의 모양으로 독립해 있으면서 동시에 주위의 그림과 밀접한 관련을 맺는 하나의 그림 단위를 말합니다. 단어들이 문장을 만들 듯이, 칸들이 모여서 수평으로 이어 있는 띠(strip)가 되거나 연속만화(comic strip)가 됩니다. 작가는 칸의 변

---

5   조성면, 「문학의 확장을 위하여」, 『한국문학 대중문학 문화콘텐츠』, 소명출판, 2006, 92면 참조.

6   조성면, 위의 글, 98면.

7   한창완, 「문화콘텐츠산업 08 만화」, 『문화콘텐츠 입문』, 북코리아, 2006, 126-127면 참조.

화와 연출을 통해 내러티브의 완급을 조절합니다.[8]

박건웅은 2003년 노근리대책위원회 위원장이던 정은용(당시 83세)을 만나 소설을 만화로 그려 보지 않겠느냐는 제안을 받아 작업을 시작했으며, 긴 세월 동안 전념한 끝에 만화 『노근리 이야기』 1부(2006)와 2부(2011)를 선보였습니다. 1부가 총 610면, 2부가 379면인 하드커버로 구성되어 있으며, 특히 1부의 절반가량이 1950년 7월 24일부터 29일 4일간, 충청북도 영동군 하가리와 노근리에서 참전 미군에 의해 발생한 피난민 학살을 묘사하고 있습니다. 학살에 의해 무자비하게 희생당한 망자와 희생자의 회한을 재현했습니다.

"회화는 하나의 그림에 모든 이야기를 함축시켜 담아내야 해서 답답"한 데 비해 만화는 "이야기를 계속 풀어나갈 수 있는 매력적인 매체"라는 점, 또 "영화는 필름이 돌아가기 시작하는 순간부터 끝까지 보여주는 대로 봐야 하지만 만화는 칸과 칸, 이 사이를 읽어 내려가며 머릿속에서 공간을 그려내고 연상"하게 되므로 "다른 매체에서 찾아볼 수 없는 매력"이 있다는 것입니다.[9]

"가려진 채 왜곡되고 파묻히는 진실이 많다는 생각을 했습니다. 이런 이야기를 그림으로 해보자는 생각을 했었는데 그림만으로 전달하기엔 한

---

8 김용락·김미림, 「서사만화의 그 본질」, 『서사만화 개론』, 범우사, 1999.

9 에디터 이은정, 「주목! 이 디자이너: '노근리 이야기'의 만화가 박건웅 작가를 만나다—정의 (正義)여, 길을 묻는다」, 『jungle매거진』, 2011.4.23. 인용문도 이 글에서 가져 온 것입니다.

계가 있더군요. 그렇게 만화를 시작했죠. 처음 했던 작업이 '꽃'이라는 작품입니다. 남북한의 관계와 대립에 대한 이야기를 다룬 작품이죠. 그렇게 근현대사 속에 숨어 있는 진실에 대한 부분들을 건드리고 싶었어요. 그러다가 대중적으로 알려지지 않은 노근리에 대한 이야기를 접하게 되었죠. 왜 이들이 3박 4일 동안 굴 속에 갇혀서 죽어갈 수밖에 없었을까 하는 의문이 생겼어요. 단지 역사적인 진실을 전달하는 것 이외에도 가족들과 죄 없이 죽어간 사람들의 이야기를 하고 싶었습니다."

그는 『노근리 이야기』에서 각 칸마다 한지(韓紙)에 수묵화로 삽화를 그려 넣었습니다. 원작의 사실성을 살리는 핍진성 외에도 묵화의 예술성까지 고려했습니다. 미술평론가는 박건웅의 필체를 다음과 같이 평가했습니다.

"박건웅의 그림체는 선 중심의 통상적인 극화 만화체 그림이라기보다는 판화나 회화작품에 가깝다. 전작(『꽃』, 2004)이 판화 그림체였다면 이 작품(『노근리 이야기』, 2006 · 2011)은 수묵 그림체를 주조로 하였다. 그런데 주의해 보면 그림의 스타일을 챕터의 내용에 따라 달리 배분하여 이야기의 전개를 더욱 효과적으로 전달하고 정서적 울림을 입체적으로 살려냈다. 매우 돋보이는 대목이다. 수묵 드로잉의 풍부한 표정을 만화적 서사로 연결시키는 데 심혈을 기울인 흔적이 엿보인다."[10]

---

10 성완경, 「증언의 힘과 예술의 힘이 만나ー[화제의 책] 다큐만화 <노근리 이야기>」,

"다른 나라 사람들에게 한국에서 일어난 사건이라는 걸 어떻게 효과적 알릴 수 있을지 생각"하면서 "한지에 수묵화 느낌으로 한국적 인물을 강조"했습니다.[11] 그는 "한지에 붓과 연필을 이용해 그렸다. 한국적이고 서정적인 그림을 통해 비극적인 묘사가 더 극적으로 살아났다"고 회고합니다.[12]

그의 삽화는 현란한 묘사보다 이야기의 배경이 되는 한국의 '자연(自然)'과 '농민(農民)'의 실체를 보여주었습니다. 담백한 필치와 양감은 한국 전통의 자연뿐 아니라 소박한 농민의 생활과 생리를 전달하는 데 적합했습니다. 흑백(黑白)의 두 가지 색은 사건의 간결성과 사실성을 부각시켰습니다. 박건웅은 진실 탐구의 기술(技術)로서 만화를 선택했으며, 그의 만화는 핍진성과 서정성을 겸비하고 있습니다.

2. 카툰(cartoon) 저널리즘 구현

박건웅의 만화는 문화콘텐츠의 가치를 또 다른 측면에서 실현해 보였습니다. 자본주의사회에서 문화콘텐츠는 다양한 형태의 소비를 겨냥하여 만들어진 데 비해, 그의 만화는 은폐된 진실을 대중에게 알기 쉽게

『프레시안』, 2006.12.4.

11 김현자, 「미국의 '오만함', 까만 얼굴로 표현했다」, 『오마이뉴스』, 2007.1.6.

12 이고은, 「노근리 '그날의 만행' 만화로 낱낱이 고발」, 『경향신문』, 2006.11.12.

널리 알리는 데 목적을 두고 만들어졌습니다. 그의 콘텐츠작업은 수익성과는 별개로 콘텐츠의 경제적 가치가 아닌 대중문화를 통한 진실 규명이라는 역사적 소명의식을 실천하고 있습니다. 이른바 한국 근·현대사에 숨어있는 잘못된 역사를 들춰내는 '카툰저널리즘'[13]을 구현한 것입니다.

만화『노근리 이야기 1·2』(새만화책, 2006·2011)는 '2011오늘의 우리 만화상'을 수상하는 등 꽤 주목을 받았습니다. 앞서도 잠시 언급했지만, 박건웅의『노근리 이야기 1·2』(새만화책, 2006·2011)는 정은용의 실화소설『그대, 우리의 아픔을 아는가』(다리, 1994)와 정구도의 사건진상 보고서『노근리는 살아있다』(백산서당, 2003)를 만화로 재구성한 작품입니다.

박건웅의 알려진 만화로는『노근리 이야기 1·2』(새만화책, 2006·2011) 외에도『꽃』(새만화책, 2004),『홍이 이야기』(새만화책, 2008),『나는 공산주의자이다 1·2』(보리, 2010),『삽질의 시대』(사계절, 2012) 등이 있습니다. 미군의 양민학살 사건을 소재로 한『노근리 이야기 1·2』는 비전향 장기수의 삶을 그린 장편극화『꽃』과 더불어 국내는 물론 프랑스, 이탈리아 등에서 반향이 컸습니다.

박건웅의『꽃』과『노근리 이야기』는 2007년 앙굴렘 축제에서 프랑스 만화비평가 기자협회가 선정하는 아시아만화상 후보에 오르기도 했습니다.『꽃』은 2006년 프랑스의 유명 만화 출판사 카스테르망(Casterman)에서 출간됐고, 같은 해『노근리 이야기』역시 이탈리아와 프랑스에서 출판 및 기념전시회를 열기도 했습니다.

---

13 배동진, 「비전향장기수 인생 판화체 만화로 회상」, 『부산일보』, 2004.7.29.

2010년대 만화 연구가 이기진은 '리얼리즘 만화의 전성시대'라 하여 만화의 새로운 풍조를 소개한 바 있습니다.[14] 리얼리즘 만화가 꽃필 수 있었던 동기로 만화가의 인식과 역량의 성장, 작가정신을 높이 사고 지원해 주는 출판계의 등장을 꼽고 있습니다. 예컨대 『노근리 이야기』를 발간한 출판사 '새만화책'의 창간과 성공은 만화사의 획기적인 사건으로 봅니다.

이기진은 미디어 환경의 변화도 들고 있는데, 이로 말미암아 대중의 미디어 리터러시(Media Literacy)가 발달할 수 있었으며 이러한 토대 위에 리얼리즘 만화가 각광받을 수 있었습니다. 대표적인 리얼리즘 만화로 최규석의 『100℃』, 정경아의 『위안부 리포트』, 박건웅의 『노근리 이야기』, 강풀의 『26년』을 들고 있습니다.

이 밖에도 1980년대 한국만화의 붐을 청소년기에 경험했던 세대가 성장해 만화 시장에서 주요 소비층이 됐다는 점을 들 수 있습니다. 이제 중년이 되어서도 진지한 만화를 보고자 하는 수요가 있다는 것입니다. 또 한편으로는 2000년대 들어 정치 지형도가 바뀌면서 정치적 피로감과 무력감을 해소하는 미디어들이 예전만큼 다양하지 않은 상황도 한몫했다는 점을 들 수 있습니다. 기존의 미디어에서 균형감 있는 소통이 부족하다 보니, 하위문화인 '만화'로 소통에 대한 요구가 쏠렸다는 것입니다.[15]

---

14 이기진, 「리얼리즘만화 '전성시대'」, 『주간한국』, 2009.8.18.
15 홍지민, 「[k코믹스 신한류를 이끌다] (7)리얼리즘을 말하다─결코 가볍지 않은 세상에

박건웅(1972~)은 홍익대학교 회화과를 졸업한 후 만화를 시작했습니다. 그는 "숨어있는 한국의 근현대사를 만화로 그려" 내려는 포부에서, '그림'의 가치만이 아니라 '이야기'의 가치에 주목하고 '회화'에서 '그림'으로 선회했습니다. 그는 "보통의 작가들은 단편으로 시작해서 장편으로 가는데 나는 덜컥 장편부터 손을 댔다. 지금 보면 부족하고 아닌 것 같은 장면도 있지만, 숨은 이야기를 세상으로 끌어냈기 때문에 의미 있는 작품들"이라며 "긴 시간 작품을 하면서 만화에 대한 훈련을 하게 됐고 만화를 좀 더 알아가는 과정"이었다고 회고합니다. 그는 정치적인 풍자나 사회적인 이슈를 꼬집어내는 그림을 다양한 방법으로 그렸습니다.[16] 일찍이 역사에 대한 관심을 표명했습니다.

"역사를 통해 반전, 평화 등 세계인의 공감을 끌어낼 수 있는 인간의 보편진리에 대한 접근을 계속 시도하고 싶습니다. 물론 만화를 통해서요."[17]

대중문화가 지배와 저항의 양가성을 지닌다고 볼 때, 박건웅의 만화는 지배 논리에 역행하여 불평등했던 역사를 고증하려는 저항의 담론을 구현합니다. 그림과 글을 고루 구비한 만화는 눈높이를 낮춤으로써 독자의 이해를 돕고 서사 내용물의 대중파급이 용이한 장르인데, 박건웅은

눈뜨다」, 『서울신문』, 2012.6.4.

16 임민아, 「<만나고 싶었습니다. 27>: '꽃', '노근리 이야기' 박건웅 작가 인터뷰, 한국근현대사 숨은 이야기 발굴하고파」, 『부천소식』, 2009.4.22.

17 김일주, 「만화로 세계인 공감 끌어내고 싶어요」, 『한겨레』, 2006.12.22.

매체의 특수성에 주목하여 보이지 않지만 존재하는 역사의 가치를 대중에게 환기시킵니다. 시인 리진은 예술의 가치를 언급하면서 "예술은 정말 '시대의 증인'으로 되어 '증언'합니다. 그리고 그와 같은 '증언'은 다른 무엇으로도 대체될 수 없습니다"[18]라고 했는데 이는 만화예술에도 적용됩니다.

> 예술은 생활에서 표현되는 사람의 모습의 그 놀라운 다양성을 발견 포착 인식 반영하는 것을 언제나 자기의 중대한 사명의 하나로 봅니다. 통례로 어떤 예술이든 보여주면서도 '설명'을 하지 않고, 논거를 대주거나 시사하면서도 '결론'을 짓지 않는다는 것을 고려하면 그것만으로도 얼마나 큰 일인지 알 수 있습니다. 그러나 사람의 다양한 삶을 통하여 나타나는 그 뜻을 깨달아 그것을 혹은 그 과정이나 그 과정의 한 조그마한 단계만이라도 사람들과 나누어 마음의 끼니로 되게 하려는 것도 예술의 본성적인 욕구입니다.[19]

박건웅의 만화는 시대의 증인으로 음지의 역사에 대한 책임의식을 실현하고 있습니다. 문화콘텐츠에 앞서 한 편의 예술로서 주목할 필요가 있습니다.

---

18 이진, 「저마다 자기 시가 있다」, 『하늘은 언제나 너그러웠다』, 창비, 1996, 223면.
19 이진, 위의 책, 204-205면.

3. 사건의 집중화

앞서 강풀의 만화는 영화와 어떠한 차이가 있는지 살펴본 바 있습니다. 만화『노근리 이야기』는 원작 소설과 보고서에 기반을 둔 작품이므로, 이 장에서 소설을 비롯한 서사 기록물에 비해 만화는 어떠한 차별성을 지니고 있는지 살펴보겠습니다. 만화『노근리 이야기』는 실화소설『그대, 우리의 아픔을 아는가』(다리, 1994), 사건진상 보고서『노근리는 살아있다』(백산서당, 2003) 양자를 삽화의 형식으로 재구성한 것입니다.

우선 정은용의 실화소설『그대, 우리의 아픔을 아는가』와 정구도의 사건진상 보고서『노근리는 살아있다』의 서사구조부터 살펴보겠습니다.[20] 서사에 앞서 작가 정은용과 정구도에 주목할 필요가 있습니다. 정은용(1923~)은 노근리 양민학살의 피해자로서 당시 두 아이를 잃었습니다. 그가 자신의 기억과 자료 고증을 통해 발표한 것이 실화소설『그대, 우리의 아픔을 아는가』입니다. 정은용은 전쟁 후 다시 자식을 낳았는데, 그가 바로 정구도입니다.

정구도(1955~)는 아버지의 숙원을 계승하여 노근리 사건 발발이후의

---

20 정은용의 소설에 대해서는 다음과 같은 선행 논문들이 있습니다.
    장경렬, 「노근리 사건의 문학적 형상화를 찾아―정은용의『그대, 우리의 아픔을 아는가』
    에서 제인 앤 필립스의『락과 터마이트』까지」,『제4회 노근리 국제 평화학술대회』, 2010.
    12, 65-84면.
    김윤정, 「문학의 정치성과 공감의 윤리―『그대, 우리의 아픔을 아는가』를 중심으로」,
    『전쟁과 한국어문학』, 2012 세계한국어문학회 동계 학술대회, 2012, 1-18면.
    이덕화, 「수수 집단 문학으로서의『그대, 우리의 아픔을 아는가』」,『전쟁과 한국어문학』,
    2012 세계한국어문학회 동계 학술대회, 2012, 19-30면.

사건진상 보고서 『노근리는 살아있다』를 썼습니다. 그는 아버지의 소설 쓰기를 도울 뿐 아니라 인권을 유린당한 당시 사람들의 상처를 세상에 널리 알리는 일에 앞장섭니다. 소설이 한국전쟁을 배경으로 노근리 사건을 환기시켰다면, 보고서는 노근리 사건에 대한 진상을 파헤치는 과정을 담았습니다.

정은용의 소설, 『그대, 우리의 아픔을 아는가』의 구성부터 살펴보겠습니다. 소설의 시간적 배경은 해방이후 1948년부터 휴전 1953년까지입니다. 그의 소설은 노근리에 국한되지 않고, 해방이후부터 한국전쟁이 발발하기까지 대한민국과 미국의 관계를 조명하고 있습니다. 소설의 첫 장 "깨어진 청운의 꿈"에는 해방이후 남한 사회의 이념대립과 피의 보복이 나타나 있습니다.

그는 "그 당시 많은 국민들이 적색의 공산주의나 백색의 자유민주주의 그 어느 쪽에도 속하지 아니하고 무색 내지 회색의 의식 속에 살고 있다"고[21] 지적합니다. 무색의 양민들에게 전쟁은 가공할만한 공포를 안겨주었습니다. 실화소설이니 만치, 작품의 주인공은 정은용이며 그는 자신의 경험을 이야기 형식으로 서술한 것입니다.

작품 전반부에서 당시 정은용은 중앙대학교 법학과를 재학하고 있었으며, 전쟁으로 인해 고향 영동 마을로 돌아오게 되었습니다. 1950년 6월 25일 한국전쟁 발발이후 남한은 북한의 군사력에 밀리게 됩니다. 7월 24일 영동에 주둔해 있던 미군은 마을 주민을 피난시켜 주겠다고

---

21 정은용, 「깨어진 청운의 꿈」, 『그대, 우리의 아픔을 아는가』, 다리, 1994, 27면.

하며, 주민들을 대대적으로 이동시킵니다. 미군의 인솔 하에 마을 주민들은 피난에 나섭니다. 정은용은 전직 경찰이력이 있으므로 인민군의 위협에 대피하여, 가족을 남겨두고 홀로 피난길에 오릅니다.

7월 24일부터 29일간 미군은 피난길에 나선 양민을 영동군 노근리에 있는 쌍굴에 몰아넣어 집단사격을 가합니다. 그 결과 대부분의 마을 주민들은 몰살당합니다. 피난길에서 정은용은 아내가 부상당했으며, 부산에 있다는 소식을 전해 듣습니다. 서둘러 부산으로 내려가 아내를 만나 본, 즉 아들 구필과 딸 구희가 미군의 총격에 죽었으며 아내만 부상당하고 간신히 살아남아 있었습니다.

작품 후반부는 부산 피난민 수용소 시절을 배경으로 전시교착상황과 휴전협정에 이르기까지 한국전쟁의 전모와 추이를 조명하고 있습니다. 이를 위해 정은용은 고모의 아들 복종이와 복희의 이력을 상세히 소개합니다. 자원해서 군인이 된 복종이의 행적을 통해 남한과 북한을 종횡하며 긴박한 전세의 추이를 소개하는가 하면, 강제 징집되어 전선에 나간 복희를 통해 군생활의 실태를 보여주기도 합니다.

특히 복종이를 통해 무고한 피난민 청년이 국군으로 자원하여 인민군과 장렬하게 대치하는 전장의 실제를 묘사하고 있습니다. 평양까지 진격한 복종이의 부대는 평양내 인민군 잔류병의 기습을 받고 부상당하는 등 1951년 전후(前後) 전쟁의 교착상태를 상세히 소개했습니다. 나아가 그의 소설에서는 이승만 독재에 대한 비판, 상이군인들의 사회적 문제까지 지적하고 있습니다.

아버지의 실화소설을 이어, 정구도는 사건진상 보고서 『노근리는 살아있다』를 출간했습니다. 그는 오랫동안 여러 언론사와 기관을 오가면서, 당시 미군의 양민학살 사건을 알렸습니다. 그 결과 클린턴 대통령의 사과를 받아내는 등 노근리 사건을 통해 인권과 평화의 문제를 세계적으로 홍보하고 확산시키는 데 기여합니다. 구체적으로 '노근리 사건'이 국내외에 밝혀지는 과정, 2001년 한·미 공동조사 당시 미국의 은폐 의혹과 우리 정부의 협상 자세, 미국의 사과 및 보상 진행 상황 등 미국과의 '총성 없는 역사전쟁'과 같은 일들을 담고 있습니다.

정은용이 실화소설에서 한국전쟁을 배경으로 노근리 사건을 문제 제기했다면, 정구도의 사건진상 보고서는 한국전쟁이후 노근리 사건의 진상을 파헤치면서 미국과 한국 정부를 대상으로 인권회복과 피해보상운동을 펼쳐 나가는 과정을 보여주고 있습니다.

박건웅은 소설과 보고서, 단절적이고 산발적인 형태의 두 기록 서사물을 '노근리 이야기'에 초점을 맞추어 하나의 작품으로 승화시켜 나갑니다. 정은용과 정구도의 원작에 충실하면서도, 중심 이야기로서 '노근리 양민학살 사건'에 집중했습니다. 만화책의 1권에서는 정은용 일가를 비롯 노근리 피해주민들을 주인공으로 삼고 있다면, 2권에서는 정은용과 아버지의 뜻을 이은 정구도의 삶의 궤적을 통해 역사적 진실의 고증 과정에 주목했습니다.

그는 가족사를 중심으로 일가(一家)의 비애에 초점을 맞추었습니다. 1부에서는 정은용의 가족 상실과 비애에 초점을 맞추었다면, 2부에서는 정구도의 끈기와 집념에 초점을 맞추고 있습니다. 그 결과 노근리 양민의 인권 유린만을 조명하는 것이 아니라 정은용과 정구도 부자의 집념을 통해 전통적인 한국인의 정서 한(恨)과 인고(忍苦)의 실현과정을 보여줍니다.

박건웅은 만화책의 1부에서 아버지 정은용의 한(恨)이 인고(忍苦)의 시간을 거듭하면서 노근리 사건이 후세에 알려지는 과정에 주목합니다. 2부에서는 아들 정구도의 끈기와 집념을 추적하면서 세상을 떠난 형과 누이 혈육에 대한 간절한 애정에 주목합니다. 박건웅은 아들이 아버지의 상처와 교감하면서, 자신보다 앞서 이 땅에 태어난 육친의 한(恨)을 이 땅에서 승화시켜 나가는 과정을 읽어 들였습니다.

만화책의 1부와 2부 중에서 문학적 성취와 그림의 미학이 돋보이는 부분은 1부입니다. 1부의 수묵화는 한국 농촌의 한가롭고 아름다운 풍모는 물론 그 속에서 자연의 질서에 순응하여 살고 있는 선량한 농민의 풍모를 미학적으로 담아내고 있습니다. 삽화가로서 박건웅은 한국 '전통'에 초점을 맞추어 전쟁과 무관하게 이 땅을 관통하고 있던 농촌 질서에 주목했으며, 동시에 그 질서를 유린한 전쟁의 상실감을 조명합니다.

4. 한국 전통 질서의 미학 구현

전통 구현체로서 가족, 이별의 정한

박건웅은 삽화를 통해 소설에 버금가는 서사적 가치를 실현해 보입니다. 그는 가족주의의 관점에서 노근리 사건을 재해석하고 재현합니다.

만화의 제1부와 2부는 3대에 걸친 일가(一家)의 단란한 삶이 파괴되고 복구되는 과정을 통해 학살의 참상을 보여줍니다. 만화의 시작과 끝이 학살로 인해 죽은 아들과 딸, 구필과 구희의 모습에서 시작됩니다.

작중에서 구희는 쌍굴에서 할머니 등에 업혀 있다가 미군의 총에 맞아 죽고, 구필이는 엄마의 등에 업혀 피난길에 나서다가 미군의 총에 맞아 죽습니다. 박건웅은 전쟁과 무관한 두 아이의 죽음에 주목했으며, 그 결과 이야기의 시작과 끝은 두 아이의 동심어린 맑은 모습으로 시작되고 그 끝을 알립니다.

[그림1] 구필이와 구희가 시냇물에서 노는 풍경(1부 10-11면)

[그림2] 구필이와 구희의 환영(2부 372면)

[그림1]은 제1부의 첫 장 "전쟁, 1950년 6월 25일"로서 정은용의 아들과 딸이 한가롭게 시냇물에서 배를 띄우며 노는 모습을 표현하고 있습니다. 그는 전쟁이 발발하기 이전, 아름다운 동심이 살아있는 평화롭고

한가로운 풍경을 담아냈습니다. 그는 전쟁으로 인해 시냇물처럼 맑고 깨끗한 어린 생명이 무참히 살상 당했음을 간접적으로 시사합니다. 당시 구필이는 5살, 구희는 2살이었습니다. 이 그림에 이어 다음 삽화에서는 정은용의 가족들이 밤새 대포소리에 놀라 잠을 깨는 모습이 나타납니다. 고요하고 평화로운 가정에 불어 닥칠 암울한 공포를 암시하고 있습니다.

[그림2]는 제2부의 마지막 장 "노근리는 살아 있다"의 말미 부분으로 1950년 당시 피난민들, 그리고 구필과 구희의 해맑은 모습을 담았습니다. 이 그림은 오랜 세월이 흐른 후, 아버지가 죽은 자녀를 상상하는 것이기도 하고, 작가가 이 작품에서 초점을 맞춘 평화의 표상이기도 합니다. 아버지는 자식을 잃고 그 상처를 평생 가슴에 묻어야 했으며, 해맑은 아이들은 죽음에 대한 어떤 예고와 대응도 없이 세상을 떠나야 했습니다. 결국 이 땅의 평범한 한 가정이 파괴되어 그 상처를 달래며 다시 일가를 이루어 나가는 과정은, 곧 국가에 대한 알레고리로도 읽을 수 있습니다.

[그림3]은 전쟁이 발발하자, 아버지가 아내와 아들, 딸을 데리고 고향집으로 가는 풍경입니다. 박건웅이 그린 시골의 모습에는 여느 때와 다름없이 여유롭고 평화로운 한국 농촌의 전통적인 풍광

[그림3] 가족들의 귀향풍경

이 그대로 나타나 있습니다.

그림 속 농민들은 키 큰 소나무 자락에 앉아 담소를 나누고 있으며, 높은 산자락 가운데에 백로가 날아다닙니다. 산 아래 들판에는 잘 가꾸어진 논과 밭이 있으며, 논과 밭 한가운데에는 농작물을 경작하는 농민들의 자그마한 몸이 자연과 혼연일체가 되어 있습니다.

풍경 중앙의 오솔길에는 아버지가 아내와 아이들을 데리고 시골집으로 들어가는 뒷모습이 그려져 있습니다. 일가(一家)의 모습에는 전쟁에 대한 공포보다 그리운 고향집과 할머니 할아버지를 만나는 해후의 넉넉함이 전달됩니다.

[그림4]에서 정은용은 전황이 긴박해지자, 시골집에서 가족과 함께 있지 못하고 단신 피난길에 오릅니다. 그의 아버지는 아들이 전직 경찰 이력이 있으므로, 인민군을 피해 아들을 먼저 피난시킵니다. 아내는 연로한 어른들을 모시고 어린 아이들을 건사해야 하므로 남기로 합니다.

[그림4] 가족 이산의 슬픔

총 4단 구성의 그림에는 아내와 남편의 이별, 아버지와 자식의 이별, 아들을 멀리 보내는 연로한 아버지의 심정 등이 복합적으로 나타나 있습니다. 부부간, 부자간 이별이 소설에 서술된 장황한 묘사보다 훨씬 더 직접적이고 감각적으로 전달됩니다.

작중 인물 모두는 개인보다 가족

전체에 가치의 중심을 두고 있습니다. 연로한 부모는 씨앗을 남겨야 한다는 일념에 아들을 내 보내고, 아내는 노쇠한 시부모를 봉양해야 한다는 생각에 남편을 따라나서지 않습니다. 깊은 정한을 전달하지 못하고 헤어지는 아내와 남편의 간절한 손, 아빠를 따라가려는 어린 아들을 떼어 놓아야 하는 아버지의 마음 등이 그림으로 전달됩니다. 특히 "나도 갈테야"라며 달려드는 손자를 달래는 할아버지의 중재는 한국 전통 가족의 위계와 질서를 잘 보여주고 있습니다.

[그림5]에서 할아버지(정은용의 아버지)는 아들을 피난 보낸 뒤, 손자를 데리고 초막을 짓기 시작합니다. 7월 24일 오전부터 남아있는 가족은 산에 제각기 거처를 만들었습니다. 눈썹이 하얗게 센 할아버지는 손자와 둘이서 초막을 짓습니다. 까만 할아버지의 고무신 한 짝이 벗겨지고, 앙상하게 뼈가 드러난 발가락이 노동으로 다져진 농민의 삶을 대변합니다. 힘에 겨운 땀방울과 벗겨진 신발 등, 연로한 그에게 '피난살이'가 무척 힘에 겨운 일임을 시사합니다.

혼자 피난길에 나선 정은용은 아내의 부상 소식을 전해 듣습니다. 이후 부산으로 내려가 아내를 만납니다. 아내의 통곡을 통해 그는 아이들의 죽음을 알게 됩니다. 아버지로서 주체할 수 없는 깊은 상실감을 "남은 생애에 있어서 모든 행복은 끝"났다고 토로합니다.

[그림5] 할아버지와 손자의 피난 집 꾸미기

[그림6] 내 생애에 있어서
모든 행복은 끝났다…(212면)

[그림6]에서 칸 없이 한 면을 모두 차지하는 큰 그림 속의 부부는 자식을 잃은 슬픔을 나눕니다. 그들을 둘러싸고 있는 까만 먹빛의 퍼짐은 슬픔의 여운이 오래갈 것임을 시사합니다. 작가는 한지에 검은 먹이 번지듯 퍼져 나가는 농도를 통해, 아버지로서 어머니로서 자식을 지켜주지 못한 그들의 통한과 슬픔이 앞으로도 지속적으로 그들의 삶을 어둡게 짓누를 것임을 시사하고 있습니다. 이처럼 박건웅은 전통 구현체인 가족주의를 근간으로 삼아 이들의 별리를 통해, 전쟁이 초래한 상실의 슬픔을 상징적이면서도 세밀한 삽화를 통해 구현해 냅니다.

문화 공동체로서 농촌, 공포의 야기

박건웅은 한국 농촌의 한가로운 풍경에 몰아닥친 전쟁의 위협을 상세히 그려내고 있습니다. [그림7] 속의 할아버지는 닭을 챙기고 있으며, 어린 소녀는 돼지를 챙기고 있습니다. 그들은 자신의 육신은 물론 가축들을 건사하기 위해 피난길이 더 분주해집니다. 닭과 병아리들이 마당을 노니는 모습은 전통 농가(農家)의 일상적인 풍경입니다. 이 그림은 한가하고 평화로운 일상에서 농민들이 직면한 피난의 당혹스러움을 잘 보여주고 있습니다.

작가는 이 그림을 통해 한적한 농촌의 농민들은 전쟁이 얼마나 무서운 것인지 모르는 순박한 존재임을 시사합니다. 그림 속에서 농민들의 눈빛은 모두 까만 동그라미로 채색되는데, 이는 단순하고 소박한 그들의 심성을 대변합니다. 이들의 눈빛은 그들이 돌보는 가축들의 눈빛과 다르지 않습니다. 그들은 '공산주의' '민주주의' 등의 이념에 대해서도 알

[그림7] 닭과 소, 돼지를 챙기는
피난 풍경(88면)

지 못하며, 아니 알 필요가 없는 존재입니다. 그들의 삶이 평화로웠던 것은 삶 자체가 자연의 질서와 조응된 것이므로, 굳이 인위적으로 만들어 낸 '주의'와 '이념'에 대해 알 필요가 없었던 것입니다.

박건웅의 그림은 아름답고 섬세합니다. 그는 [그림8]에서 '피난길에 나선 마을 사람들의 행렬'과 '저녁이 들어서는 풍경'을 아래위로 균형있게 배치하고 있습니다. 박건웅의 그림 속에서 농민은 또 하나의 자연으로 존재합니다. 그는 농민을 자연과 동일하게 묘사('농민=자연')함으로써, 순리에 따라 살아가는 순박하고 선량한 양민(良民)의 모습을 재현해 놓았습니다.

그는 어둠이 깔리는 저녁 풍경을 구현하기 위해 흰 한지에 검은 먹선의 농담을 살려 표현했으며, 나이가 그들이 직면한 알 수 없는 공포감을

[그림8] 피난길을 나선 마을 사람들의 행렬(90-91면)

전달하기 위해 저녁이 깔리는 하늘 부분의 한지에 잘디잔 구김들을 만들었습니다. 이처럼 한지에 잔 구김을 넣은 표현 기법은 만화 곳곳에서 두려움과 공포의 분위기를 자아내는데 자주 활용됩니다.

그림에서 노근리 농민들의 피난 행렬은 실체 없이 검은 실루엣으로 존재하는데, 그것은 전쟁으로 인한 불길한 운명의 전조를 암시합니다. 그의 그림에서 '검은 빛'은 깊이를 알 수 없는 두려움과 공포를 상징합니다. 일련의 그림에서 흰빛이 맑고 투명한 자연의 소박함을 전달하는 데 비해, 검은 빛은 농도를 무화시키는 획일화된 고통과 두려움을 전달합니다.

마을 사람들이 피난 간 곳은 그 마을에서 '큰산'이라 불리는 어머니와도 같은 자연의 품입니다. 그들의 안식처는 국가와 정부가 아니라 오랫동안 함께 해 왔던 자연이었습니다.

"마을 사람들은 멀리 가려 하지 않았다. 아니, 멀리 갈 수가 없었다.

누가 인도한 것도 아닌데 '큰산' 밑으로 들어가고 있었다. (중략) 산세가 웅장하다 하여 그러한 이름을 붙였을 터이지만, 산은 그 이름에 걸맞은 광대한 품으로 헤아릴 수 없는 자원들을 생성하고 포용하며 유구한 세월을 지나왔다. 마을 사람들 또한 산과 뗄 수 없는 인연을 맺으면서 살아왔다. 때문에 이 산은 마을 사람들에게 있어 어머니와도 같이 포근하고 친밀한 존재였다."(92-93면)

[그림9]에서 '큰산'의 기슭에 대해 작가는 고즈넉하게 제 자리를 지키고 있는 나무와 그 나무에서 쉬고 있는 새를 그려 넣었습니다. 특히 나무와 새는 한 페이지에 걸쳐 나타나 있는데, 이는 흰 여백의 미와 더불어 한국 자연의 맑고 단아한 기상을 보여줍니다. 전통 수묵 산수화를 통해 산골짜기의 진경을 놓치지 않고 보여줄 뿐 아니라, 나무가 버티고 있는 탄탄한 산자락을 힘 있게 묘사함으로써 범접할 수 없는 산의 장엄한 기운을 시사합니다.

[그림9] 큰산 기슭의 아름다운 자연풍광(94-95면)

일련의 그림을 통해 작가는 한국 농촌의 문화와 질서, 이와 더불어 전쟁으로 인해 그 문화와 질서에 가해지는 균열의 조짐도 담아내고 있습니다.

5. 이원화, 대조와 대립, 생명 시학

인물 이원화, 학살의 문제성

작가는 일련의 삽화에서 이분법적 구성을 활용합니다. 칸과 칸, 색과 색의 배열을 이원화 하고 있습니다. 한 면에서는 깊이를 알 수 없는 전쟁의 공포를 보여주는가 하면, 다른 한 면에서는 한가롭고 평화로운 농촌과 자연을 배치합니다. 작가는 양자 간의 균열과 이질감을 독자들이 쉽게 인지할 수 있도록 각각 검은색과 흰색의 여백으로 구분하고 있습니다. 전쟁과 평화가 상충 된 것임에도 당시 그곳에는 양자가 병립해 있음을 독자들에게 상기시킵니다. 독자는 삽화 간의 대립과 이질성을 사유하면서, 작가가 의도하는 주제 의식을 읽어내려갑니다.

[그림10]에서 한가롭고 평화로운 농촌 풍경이 여백의 미를 살린 흰색으로 표현된다면, 전쟁은 온통 먹빛의 까만색으로 채색됩니다. 그림을 자세히 보면, 까만 먹빛은 전쟁의 상황뿐 아니라 미군과 인민군을 포함한 전쟁에 관여되어 있는 모두의 채색입니다. 이것은 전쟁에 대한 작가의 입장을 뚜렷이 표명한 것입니다.

[그림10] 전쟁과 평화(75면). 까만 먹빛의 전장 ↔ 한가로운 농촌의 여름 풍경

그는 전쟁의 동력이 되는 일체의 환경과 요인 모두에 대해 부정적으로 보고 있습니다. 그림을 자세히 보면, 군인들은 얼굴을 가지고 있지 않습니다. 온통 먹빛의 까만색으로 채색되어 있으며, 시선도 일체의 표정도 없습니다. 모두가 먹빛으로 그려져 있어, 누가 유엔군인지 누가 인민군인지 전혀 구별할 수 없습니다. 작가는 전쟁의 발발 그 자체가 이미 아군과 적군의 구별을 무화시키는 무차별적이고 전체주의적인 상황임을 시사합니다.

먹빛의 전장 풍경 바로 옆면에는 한가로운 농촌의 자연과 농민들의 삶이 그려져 있습니다. 그것은 원두막과 시냇물이 있는 평화로운 여름의 농촌 풍경입니다. 자세히 살펴보면, 잠자리가 풀잎에서 편히 쉬고 있는가 하면 나무 그늘에는 소가 앉아서 쉬고 그 옆에는 지게를 벗어 놓은 농부들이 평상에 모여 앉아 이야기꽃을 피우고 있습니다. 박건웅은 전장의 공포와 시골의 소박한 일상을 병치함으로써 '전쟁'과 '평화'의 상반된 이미지를 대비시킵니다. 그것은 검은빛과 흰빛의 대조로서 독자들에게 긴장을 불러일으킵니다.

작중에서 농민들은 농촌에 있는 자연물과 마찬가지로 순박하게 묘사됩니다. [그림11]에서 미군의 출현에 기뻐하는 시골 농부들의 안도와 낙관의 모습은 어린이처럼 순수하게 그려져 있습니다. 시골의 순박한 농민들은 미군 열차와 차량 행렬이 지나갈 때마다 박수갈채를 보내며 기뻐합니다. 이가 듬성듬성한 노령의 할아버지는 전쟁이 곧 끝날 것이라 믿는가 하면, 다른 농부는 이제 피난가지 않아도 되겠다고 희색이 만면합니다. 나아가 그들은 '남북통일'에 대한 희망도 품어봅니다. 작가는 이들이 정치와 전쟁에 대해 아무것도 모르는, 오래도록 농사만 지어오던 단순하고 순박한 '농민'이었음을 전달합니다.

[그림11] 시골 농부들의 순박한 정경(77면)

[그림12]와 [그림13]에서 작가는 농촌과 산골짜기에 들어온 미군의 얼굴을 까만 먹빛으로 처리했습니다. 그들은 눈, 코, 입 형체를 갖지 않습니다. 그림 속에서 그들은 한국 농민들과 소통하지 않으며, 일방적으로

명령합니다. 미군은 'Hey', 'Get out!', 'Stop', 'What is this?' 총검으로
어깨를 건드리고 가방을 건드릴 뿐, 무고한 농민을 비롯한 피난민들과
대화하려 하지 않습니다. 그들은 손짓과 명령으로 의사를 전달합니다.

미국인들의 까만 얼굴에 대해 박건웅은, "무생물적이고 비인간적이며,
명령에 움직이는 비정한 미군을 표현"하고 "양민학살에 대한 뚜렷한 증
거가 있는데도 자신들의 잘못을 인정하지 않고 은폐 외면하려고만 하는
오만"에 대한 고발의 의미가 들어 있다고 했거니와,[22] 작가는 미군을 깊
이를 알 수 없는 검은빛의 채색을 통해 공포의 대상으로 제시합니다.

[그림12] 양민의 집에 들이 닥친
얼굴 없는 미군(234면)

[그림13] 피난 중에 만나는
얼굴 없는 미군(121면)

장면의 대조, 인물의 대조를 통해 독자들은 노근리 농민들이 전쟁에
대해 무지했으며, 전쟁의 폐해와 위력에 대해 전혀 모르는 순박한 존재
임을 알게 됩니다. 일련의 삽화들은 전쟁을 행하는 능동적인 주체와 전

---

22 김현자, 「미국의 '오만함', 까만 얼굴로 표현했다」, 『오마이뉴스』, 2007.1.6.

쟁이 무엇인지도 모르는 피동적인 객체라는 이분법적 대립을 통해 독자들로 하여금 양민학살의 문제성을 사유하도록 만듭니다. 그 결과 전쟁에 참전한 미군의 시혜적(施惠的) 목적은 피동적인 객체와의 대립을 통해 무화되고 맙니다.

상황의 이원화, 생명 시학

삽화의 이분법적 대립은 인물 간 대립 외에도, 상황의 대립을 통해 독자들에게 새로운 사유를 유도합니다. 작중에서 아들은 노부모와 처자식을 고향에 남겨두고 혼자 피난가던 중, 쌍굴에 이르러 오싹한 공포를 경험합니다. '쌍굴과 자연', '쌍굴안', '쌍굴 밖의 자연'으로 세 삽화를 비교해 보겠습니다.

[그림14], [그림15], [그림16]은 쌍굴의 공포와 불안을 보여줍니다. 작

[그림14] 쌍굴과 자연(112면)   [그림15] 쌍굴안(113면)   [그림16] 쌍굴밖의
자연(114면)

가는 쌍굴의 두려움과 공포를 표현하기 위해 한지를 구기고, 구긴 종이 위에 그림을 그려 넣었습니다. 그 결과 구김이 들어간 부분의 흰 여백과 돌출된 부부의 까만 먹빛은 불규칙하게 배열되어 깊이를 알 수 없는 두려움을 자아냅니다. 굴 안의 공포와 대조적으로 굴 밖의 세상에는 한가로운 여름 풍광이 펼쳐져 있습니다.

[그림16]에서 볼 수 있듯이 쌍굴 밖에는 잠자리 떼가 날아다니고, 키 큰 포플러 나무들 사이로 고즈넉한 구름과 맑은 하늘이 여유 자적한 한국 농촌의 여름 풍광을 이루고 있습니다. [그림17]에서는 쌍굴의 공포와 자연의 평화를 점진적으로 배치해 놓았습니다. 평화의 공간에 벌어진 공포의 사건을 부각시키기 위해 이중적인 상황을 대립시킨 것입니다.

[그림17] 공포와 평화(114-115면)

상황의 대립적 배치는 인물의 참상 묘사에서도 두드러지게 나타납니다. 박건웅은 양민학살의 잔악함을 강조하기 위해 순진무구한 어린 소년이 죽어가는 과정을 사실적으로 그렸습니다.

[그림18], [그림19], [그림20]에는 순진무구한 어린이가 예기치 못한

학살로 인해 이 땅에서 무참히 사라져 가는 모습을 볼 수 있습니다. 포화는 검은 먹빛으로 진하게 채색되는데, 마지막 그림에서 먹빛은 공포스러운 괴물의 손아귀를 연상시킵니다. 괴물의 손아귀는 어린 자식을 감싸고 있는 어머니에게 다가가고 있습니다. 삽화에 폭력의 주체가 제시되지 않았지만, 독자들은 순진한 어린 소년의 돌연사를 목도하면서 학살의 무자비함을 각인하게 됩니다.

[그림18] 폭격 전(275면)   [그림19] 폭격(287면)   [그림20] 폭격 후(297면)

　가공할만한 폭력에도 불구하고, 자연과 어린이들은 제 할 일을 합니다. 전쟁 중에도 자연과 아이들은 평화로운 원래의 기운을 발산합니다. 박건웅 삽화의 의의는 폭력과 더불어 자연의 자생적 기운을 병렬적으로 구현해 낸 데 있습니다. 그것은 1950년 여름이 지닌 자연의 실재이기도 하고, 작가가 발견해 낸 자연의 치유와 극복 가능성이기도 합니다. 더운 열기가 한창인 7월, 옥수수는 자라고, 잠자리는 무리지어 들판을 노닙니

다. 부산의 피난민 촌에서도 아이들은 놀았고, 피난 중 쌍굴로 가기 전에
도 아이들은 더위를 식히며 물놀이에 전념합니다.

[그림21] 전쟁 중 자연의
평화(165면)   [그림22] 피난민촌 아이들의
평화(204면)   [그림23] 쌍굴에 가기 전
물놀이하는 아이들(225면)

[그림21]에서 남편은 아내가 부산에서 치료중이라는 소식을 듣고 대
구에서 다시 길을 나섭니다. 마음은 조급하고 상황은 열악하지만, 그와
무관하게 자연경관은 고즈넉하고 가을을 준비하고 있습니다. 피난 중에
도 봄에 뿌린 벼의 이삭은 익어가고 있었던 것입니다.

[그림22]에서 아이들은 전쟁의 상처에도 아랑곳없이 잘도 뛰어놉니
다. 한쪽에서는 나비가 날아듭니다. 내걸린 빨래에서 엿볼 수 있듯이,
전쟁의 상흔 속에서도 생활과 삶은 지속됩니다. 아이들의 건강한 삶은
대개 그것을 수호하는 어머니의 손길과 함께 합니다. 프레모 레비는 세
계2차 대전 중 아우슈비츠 수용소에 가는 도중 어머니늘의 모습을 나음

과 같이 묘사한 바 있습니다.[23]

> "모두 자신에게 가장 어울리는 방법을 찾아 삶과 작별했다. (중략) 하지만 어머니들은 여행 중 먹을 음식을 밤을 새워 정성스레 준비했고 아이들을 씻기고 짐을 꾸렸다. 새벽이 되자 바람에 말리려고 널어둔 아이들의 속옷이 철조망을 온통 뒤덮었다. 기저귀, 장난감, 쿠션, 그리고 그 밖에 그녀들이 기억해낸 물건들, 아기들이 늘 필요로 하는 수백 가지 자잘한 물건들도 빠지지 않았다."

아무것도 모르고 놀고 있는 '해맑은 어린아이들'의 모습은 노근리 쌍굴 사건이 발발하기 직전까지 지속적으로 묘사됩니다. [그림23]에서와 같이, 그들은 피난 중에도 친구들과 물놀이하며 여름의 초목처럼 싱그럽게 자랍니다.

삽화의 이원적 대립을 통해 박건웅은 독자들에게 잃어버린 것과 다시 찾아야 할 것을 사유하도록 유도 합니다. 잃어버린 것이 무고한 양민들의 생명과 인권이었다면, 다시 찾아야 할 것은 어린 생명이 건강하게 숨 쉴 수 있는 평화입니다. 작가는 노근리 주민의 유린당한 인권을 통해 이 땅에 도래해야 할 평화의 뿌리를 더 공고히 하도록 강조합니다.

그림의 한 컷에는 마수와 같은 전쟁의 손길이 순박한 노근리 사람들을 할퀴고 지나갔지만, 또 다른 그림의 한 컷에서는 자연의 건강한 질서

---

23 프레모 레비, 이현경 옮김, 『이것이 인간인가』, 돌베개, 2007, 15면.

가 이들의 삶을 다시 원래의 상태로 돌려놓을 수 있음을 기약하게 합니다. 생장하는 자연 질서의 흐름 속에서 고통을 치유하고 인권을 찾아나가는 일련의 노력은 이른바 '생명 시학'으로 명명할 수 있습니다. 자연을 비롯한 생명의 생장은 고통을 치유하고 잃어버린 인권을 복권할 수 있는 희망을 부여합니다.

작가는 노근리 양민의 숭고한 희생이 한국의 노근리와 동시대 이 땅의 삶에 평화를 공고히 하는 표징이 되어야 함을 시사합니다. 그런 의미에서 『노근리 이야기』 2부는 세대를 초월하고 국경을 초월하여 가해자와 피해자 모두 평화에 이르는 탐색의 여정으로 읽을 수 있습니다.

6. 한(恨)과 인고(忍苦)의 형상화

이 장에서는 박건웅의 『노근리 이야기 1·2』(새만화책, 2006·2011)를 통해 만화가 정서를 미적으로 형상화함을 살펴보았습니다. 박건웅은 정은용 실화소설과 정구도의 사건진상보고서를 만화라는 텔링(telling)의 방식을 선택하여 창조했습니다. 1부는 정은용의 소설을 2부는 정구도의 사건진상 보고서를 중심으로 각각 재구성한 것입니다.

정은용의 원작 소설은 1948년 해방이후부터 휴전협정에 이르기까지 한국전쟁의 발발과 추이의 일부로서 노근리 양민학살을 중심소재로 다루고 있지만, 박건웅의 만화는 노근리 이야기만 초점을 맞추어 사건을 집중했습니다. 정구도의 사건진상보고서는 노근리 사건에 내한 브삐 잉

식의 보고서인데 비해, 박건웅은 정은용과 정구도를 중심으로 가족사 이야기로 초점화 했습니다. 박건웅은 한국전쟁이 아니라 노근리 이야기에 초점을 맞추어 가족사 형태로 재구성한 것입니다.

그 결과 박건웅의 삽화는 다음과 같은 가치를 구현해 냅니다. 첫째 전통문화의 질서를 구현해 냈습니다. 그는 삽화를 통해 전통의 구현체로서 가족주의, 문화 공동체로서 농촌 질서를 그려냈습니다. 이와 동시에 일련의 가치가 전쟁으로 말미암아 슬픔과 공포로 변화하는 과정에 주목하여 상실감을 미학적으로 구현해 냈습니다.

둘째 전쟁과 평화의 이분법적 대립을 통해 작품의 주제를 공고히 했습니다. 박건웅의 역사의식과 집념은 단순히 역사적 소재를 재현하는 데 그치지 않고 이에 대해 해석하고 독자들에게 일정한 메시지를 전달합니다. 전쟁의 가해자와 피해자를 이원적으로 배치함으로써, 독자들에게 학살의 무자비함을 시사했습니다. 전쟁에 대한 지식은 물론 준비도 없는 양민들에게 전쟁이 얼마나 큰 공포로 다가왔는지 독해할 수 있도록 그렸습니다. 아울러 인물이 처한 상황의 이원화를 통해 학살의 무자비함과 동시에 치유(극복)의 가능성도 시사했습니다.

무엇보다도 『노근리 이야기 1·2』의 의의는 한국전쟁 당시 양민학살을 묘사함과 동시에 한국의 전통 가치를 재현해 낸 데 있습니다. 박건웅은 『노근리 이야기』 1부에서 전통 공동체로서 가족주의를 부각시키고, 한국 농촌과 자연에 내재한 질서를 미적으로 구현해 냅니다. 한국 전통에 내재해 있는 일련의 질서가 전쟁과 학살로 인해 훼손되고 유린당하는 상실의 과정을 포착한 것입니다.

『노근리 이야기』 2부에서는 상실감 속에서도 진실을 추적해 나가는 한국인들의 은근과 끈기의 정서를 구현해 냅니다. 그것은 상실감에 대한 치유이며 이 땅에 유지되어야 할 평화를 스스로 지켜나가는 과정입니다.

박건웅의 콘텐츠는 거대 담론에서 주목받지 못한 소수자의 역사적 고통을 대중 모두가 '기억할 수 있는' 미디어를 통해 재현하고 환기시켰다는 점에서 주목할 작품입니다. 그의 콘텐츠는 상업적 효과가 아니라 잃어버리거나 묻혀질 수 있는 역사적 진실의 편린들을 독자 대중에게 각인시키는데 기여했습니다. 자칫 무겁고 읽기 힘든 역사고증 만화가 되지 않도록 그는 이야기의 문법과 그림의 미학적 장치, 양자를 조화롭게 구사함으로써 양민학살의 슬픈 역사를 아름다운 삽화로 재생시켰습니다.

아쉬운 점이 있다면, 대중적인 관심을 불러일으키기에 작품 분량이 많다는 점입니다. 하드커버로 이루어진 작품은 소장가치는 있으나, 손쉽게 읽어 가기에는 부담이 될 수 있습니다. 사건의 초점화 과정에서 형상화 할 것과 생략해도 될 것을 한번 더 추출함으로써, 집약적인 구성을 시도해도 좋을 것입니다.

먹 번짐에 있어서도 농도조절을 통해 그림체를 더 명료하고 간결하게 한다면, 더 선명한 이미지를 전달할 수 있을 것입니다. 미술평론가 성완경도 증언의 힘과 예술의 힘이 이루어 낸 성취를 높이 평가하되 "작품의 많은 부분이 평면성과 상투적 표현의 틀을 못 벗어난 아쉬움", "시나리오 작업도 좀 단조롭고 평면적"이며 "그림도 회화성이 높긴 하나 나이브하고 도식적"[24]임을 지적합니다.

2000년대 박건웅의 노근리 이야기는 인권 보호의 차원에서 이 땅에서 가해지는 폭력과 광기에 대한 또 다른 방식의 접근을 시도한 것입니다. 그는 과거 이 땅에 가해진 무차별적 폭력을 한국인이 어떻게 극복해나가는지, 그 한(恨)과 인고(忍苦)의 과정을 탐구하고 재현해 놓았습니다. 그가 주목한 것은 학살이라는 공포와 고통 속에서도 은근과 끈기를 지니고 역사와 진실을 규명하고 복원해 나가는 일련의 노력이었습니다. 그의 만화는 그 노력을 한국의 전통 정서를 통해 미적으로 구현해 내는 데 성공했습니다.

---

24 성완경, 「증언의 힘과 예술의 힘이 만나니…」, 『프레시안』, 2006.12.3.

2부 ·········· 애니메이션

원작으로부터 애니메이션의 탄생

1. '어린 아이'라는 표상

어린이에 대한 인식은 언제부터 어떻게 만들어지기 시작했을까요. 애니메이션 <오세암>(성백엽 감독, 마고21, 2003.5)은 우리가 알고 있는 어린이에 대한 인식을 반영하고 있습니다. 그렇다면 작품의 모태가 되었던 설화도 애니메이션과 동일한 주제의식을 가지고 있었을까요. 그렇지 않습니다. 설화는 동화와 애니메이션으로 바뀌면서 새로운 주제의식을 만들어 나갔으며, 여기에는 어린이에 대한 인식 변화가 전제되어 있습니다.

애니메이션 <오세암>은 개봉한 이듬해 2004년에는 제28회 안시 국제애니메이션 영화제(Annecy International Animated Film Festival) 장편 부문에서 대상을 수상했습니다.[1] 애니메이션의 작품성은 상당부분 원작

---

1   1960년 칸 국제 영화제에서는 애니메이션 부문을 독립시켜 안시 국제 애니메이션 영화

이 지닌 주제 효과 및 독자성에 기반을 두고 있습니다. 원작은 전설, 동화, 영화로 바뀌면서 주제도 새롭게 변모되었습니다.

「오세암」 이야기는 전대(前代)의 설화(관음영험설화)와 전설(강원도 인제)에 기원을 두고 있습니다. 「오세암」 이야기는 설화에서 동화를 거쳐 애니메이션으로 개작되었습니다. 설화(전설) 「오세암」에서, 정채봉의 동화 『오세암』(창작과비평사, 1983)으로 성백엽 감독의 애니메이션 <오세암—엄마를 만나는 곳>(마고21, 2003)으로 재창조되었습니다.

정리태의 동화 『오세암—엄마를 만나는 곳』(샘터사, 2003.4)도 있지만 이 작품은 애니메이션의 시나리오와 정채봉(아버지)의 동화를 상호보완한 것입니다. 엄밀히 보면 표제(『오세암—엄마를 만나는 곳』)를 비롯하여 전반적인 내용에 이르기까지 애니메이션의 서술 구조를 따르고 있으므로, 이 작품은 애니메이션과 동일한 내용으로 언급하겠습니다.

일반적으로 한국 전통 설화(전설)들은 아동을 대상으로 하는 전래 동화와 애니메이션으로 만들어집니다. 다른 설화와 달리, 「오세암」 이야기는 '어린이'를 주인공으로 한다는 점에서 주목할 필요가 있습니다. 다른 설화들이 권선징악을 비롯한 사회 보편적 윤리를 주제로 삼고 있는 데 비해 이 작품은 어린이의 내면을 보여준다는 점에서 이채를 띱니다.

설화, 동화, 애니메이션이라는 미디어의 변형을 거치면서 작중 주인공 어린 아이에 대한 인식은 변모됩니다. 매체 변화과정을 통해 우리는 시대 변화에 따라 '어린 아이'라는 표상에 담긴 의미도 변화함을 알 수

제를 설립했습니다.

있습니다. 뿐만 아니라 설화, 동화, 애니메이션이라는 각각의 장르에 구현된 '어린 아이'의 성격은 개별 매체의 독자적인 성격도 보여줍니다.

「오세암」 이야기는 정채봉의 동화,[2] 애니메이션에 초점을[3] 맞추어 다수의 논의가 전개되었습니다. 이 장에서는 「오세암」 이야기가 장르와 전달 매체의 변화를 거치면서, '어린 아이'의 성격이 어떻게 변모되고 있는지 살펴보겠습니다.

2　유한근, 「불교사상의 수직적 수용미학」, 『현대 불교문학의 이해』, 종로서적, 1989, 41-44면.
　　박상재, 「密層있는 童心의 抒情的 具現―정채봉 동화론」, 『국문학논집』 15, 단국대학교 국어국문학과, 1997, 461-480면.
　　노제운, 「동화 속의 숨은그림 찾기―정채봉의 <오세암>과 권정생의 <강아지 똥> 분석」, 『어문논집』 38, 안암어문학회, 1998, 177-199면.
　　김현숙, 「童心을 意譯하면서―정채봉론」, 『한국아동문학연구』 8, 한국아동문학학회, 2000, 149-167면.
　　이준희, 「정채봉 동화의 모성성 연구」, 『어문학교육』 45, 한국어문교육학회, 2012, 143-168면.
　　강희영, 「정채봉 동화에 나타난 환상성 연구」, 『비평문학』 66, 한국비평문학회, 2017, 31-57면.

3　이상원, 「<오세암>애니메이션의 영상표현 연출 분석과 한국 애니메이션의 발전방안」, 『기초조형학연구』, 한국기초조형학회, 2003, 408-417면.
　　박성철, 「정채봉 동화 「오세암」과 애니메이션 <오세암>비교 연구」, 『어문학교육』 38, 한국어문교육학회, 2009, 71-89면.
　　노제운, 「「오세암」설화의 심층의미와 아동문화콘텐츠로의 변용에 관한 연구」, 『어문논집』 61, 민족어문학회, 2010, 331-396면.

2. 설화: '불완전한 인간'

구전 설화(전설) 「오세암」의 시작은 다음과 같습니다. 전설집과 설화
자료집에 나타난 이야기의 서두 부분을 비교해 보겠습니다.

① 고려(高麗) 때, **명승 설정 조사(雪頂祖師)가** 강원도(江原道) 설악산(雪
嶽山) **관음암(觀音庵)을** 중수하여 **그의 조카인 다섯 살 되는 아이와**
동거하고 있었는데, …"[4]

② **오세암은** 강원도 인제 설악산에 있는 조그만 암자이다. (중략) 일찍
이 **설정선사(雪頂禪師)가** 이곳에서 동안거(冬安居)를 하려 하여 **그의**
다섯 살 먹은 조카를 데리고 눈이 많이 내리기 전에 오세암에 들어간
일이 있다.[5]

③ 고려시대 초기에 **설정선사(雪頂禪師)라는 스님이** 있었다. 그 스님에
게는 자신이 돌보지 않으면 안 되는 딱한 사정의 **어린 조카가** 하나
있었다.[6] (강조는 인용자)

---

4 최상수, 『한국민간전설집』, 통문관, 1958, 428면. (檀紀 4269年 9月 麟蹄郡 南面 李錫奎
老人 談)

5 정두헌, 『불교설화전집』, 한국불교출판사, 1990, 445면.

6 한정섭 편저, 『불교설화대사전』 下, 이화문화출판사, 1992, 736면.

세 자료집의 서두는 「오세암」 이야기와 관련하여 다음과 같은 공통점을 보입니다. 그것은 이야기를 이끌어 가는 주체가 '스님'과 '관음암(오세암)'이라는 점입니다. 이것은 설화 「오세암」과 정채봉의 「오세암」 간에 큰 차이점입니다. 정채봉은 다음과 같이 이야기를 시작합니다.

"스님은 그 거지 남매와 포구에서 만났다."[7]

이 문장에서 '만나다'라는 서술어의 주체가 '스님'과 '거지 남매' 양자이듯, 정채봉의 「오세암」에서 '거지 남매'는 독자적인 존재로 서사의 중심축에 놓입니다. 설화 「오세암」과 달리, 정채봉의 「오세암」에서 '남매'는 "어린 조카"도 아니며 "돌보지 않으면 안되는 딱한 사정"의 불완전한 존재도 아닙니다. 그들은 스님과 대등한 존재입니다.

나아가 애니메이션에 이르면 이야기의 주체는 아예 남매 그 중, '소년'에 초점이 맞추어 집니다. 애니메이션은 푸른 바다의 모래사장을 종횡무진 누비고 다니는 어린 소년의 등장으로 시작됩니다. 정리태의 『오세암―엄마를 만나는 곳』은 애니메이션의 초입부를 다음과 같이 서술해 놓았습니다.

흰 구름이 차가운 바람을 싣고 바다를 향해 달려가듯 분주하게 느껴지

---

7 정채봉, 「오세암」, 『오세암』, 창작과비평사, 2003, 165면. 이하 정채봉의 「오세암」 원문 인용은 이 책에 의한 것으로 인용문 하단에 페이지만 기입했습니다.

는 어느 날이었다. 바닷가에는 대여섯 살 쯤 되어 보이는 사내아이가 모래 사장을 뛰어다니고 하늘 가득 메운 갈매기들은 마치 파도소리에 맞춰 춤을 추듯 날고 있다.[8]

요컨대 「오세암」 이야기가 전대(前代)에는 '관음암'과 '스님'을 주축으로 한 종교적 성격이 강조되었다면, 후대(後代)에 이르러 동화와 애니메이션으로 개작되는 과정에서는 어린 소년이 주인공이 되어 성장 서사로 변모되고 있음을 알 수 있습니다. 이러한 변화의 기저에는 어린이에 대한 인식의 변화가 전제되어 있습니다.

설화 「오세암」의 줄거리를 요약하면 다음과 같습니다. 설정 스님은 '고아가 된 조카'를 관음암으로 데리고 갑니다. 스님은 월동 준비를 위해 마을로 내려갑니다. 스님은 아이에게 다음과 같이 당부하고 떠납니다. 방에서 '관세음보살'이라고 읊조리며 기도하면 두려움이 사라지는 것은 물론 '어머니'가 오신다고 말합니다. 그러나 폭설로 인해 설정스님은 그 해 겨울이 다 가도록 관음암에 돌아오지 못합니다.

이듬해 봄 설정스님이 관음암으로 돌아왔을 때, 아이는 살아 있었습니다. 스님이 살아 있는 아이에게 어떻게 지냈는지 그간의 정황을 물었을 때, 아이는 어머니가 나타나 먹을 것을 주며 추운 겨울내내 자신을 보살펴 주었다고 말합니다. 아이는 관세음보살만 부르면 어머니가 온다는

---

8   정리태 글·정채봉 원작, 『오세암—엄마를 만나는 곳』, 샘터, 2003, 17면. 이하 정리태의 「오세암」 인용은 이 책에 의한 것입니다.

이야기를 그대로 믿고 따랐던 것입니다.

전술한 내용에서 드러나듯 이 설화의 생성과 전승 의도는 '아이'에게 맞추어진 것이 아니라, 의심하지 않는 '믿음(신앙)'에 맞추어져 있습니다. 「오세암」이야기가 불교설화집의 '신앙편'에 수록되어 있다는 사실은 이 이야기가 '어린 아이'가 아니라, 어린 아이와 같은 거짓 없고 진실한 마음의 '신앙심'을 강조하고 있음을 알 수 있습니다. 설화 「오세암」은 '기도하는 사람(인간)'과 '기도를 들어주는 존재(神)'라는 수직적 관계가 중심축에 놓여 있으므로, 작중에서 부수적 인물은 그다지 중요하지 않습니다.

그러므로 작중에서 아이가 보았다는 '어머니'는 육친의 의미가 없습니다. 이야기가 '아이'에게 초점이 맞추어져 있다면 '어머니'는 사고무친(四顧無親)의 소년에게 모성(母性)으로서 각별한 의미를 띨 수 있지만, 이야기는 '신앙'에 초점이 맞추어져 있으므로 '어머니'는 종교의 신비한 힘(神性)을 드러내고 있습니다. 작중에서 '어머니'는 재난에 처한 이(어린 아이)의 순수한 기도를 듣고 관세음보살의 영험한 힘이 현시되는 표상에 지나지 않습니다.

민간전설집 전설의 말미에 "흰 옷 입은 신선 같은 젊은 부인이 관음봉(觀音峯)으로부터 내려와 조카아이에게 관음지기(觀音之記)라는 것을 주고서는 홀연히 파랑새로 화하여 날아갔다"[9]라는 구절에도 나와있듯, '어머니'라는 기표는 부처님의 영험한 힘이 현실에서 실현된 기의입니다. 같

---

9   최상수, 위의 책, 429면.

은 맥락에서 삼촌(설정스님)이라는 존재는 '기도하는 사람(인간)'과 '기도를 들어주는 존재(神)'를 이어주는 매개자, 교량으로서 의의를 지닙니다.

'신앙'의 관점에서, 구전되는 「오세암」은 구도자의 순수한 믿음과 이에 응답하는 관세음보살의 자비가 강조되어 있습니다. 특히 ①과 ③의 이야기에는 창작 배경이 고려시대라고 비교적 자세히 언급되고 있거니와, 설화 「오세암」은 국교가 불교이던 고려시대를 배경으로 포교의 임무를 수행해 왔음을 알 수 있습니다. 그렇다면 설화에서 왜 "다섯 살 먹은" 조카, "어린" 아이와 같은 기도하는 사람의 조건에 '저연령의 아이'라는 제한을 달아 놓았을까요.

발달 단계상 6세를 전후하여 '유아기'와 '아동기'가 구분되며,[10] '마음의 이론' 발달과정에 의하면 4-5세 유아기는 초보적인 '마음의 이론'이 발달·완성되어 이 시기에는 실재가 아니라 신념이 행동을 주도한다는 사실을 이해합니다.[11] 이러한 사실을 고려해 볼 때 5세는 '유아'로서, '아동'보다 더 많은 순수성을 간직하고 있으며 신념을 가지기 시작하는 시기입니다.

'저연령의 아이'라는 제한은 실재했던 사실에 대한 강조이기도 하겠거니와, 전승자들의 의식과 전승 의도를 좀 더 구체적으로 알게 해 주는 대목이기도 합니다. 이러한 물음은 곧 작중의 "다섯 살 먹은 조카"가 "어린 아이"임에도, 왜 작중에서는 인물의 성격이 '어린이'보다 '구도자'

---

10 우종하, 『인간심리학의 이해』, 교육과학사, 2000, 146면.

11 송명자, 『발달심리학』, 학지사, 1996, 250면.

라는 데 초점이 맞추어진 것인가를 시사해 줍니다. 결론부터 말하면, 설화 「오세암」의 종교적 성격 고착은 성인과 어린이를 구분하여 바라보는 '아동(兒童)에 대한 인식'이 없었던 전대(前代) 사람들의 인식과 관련이 있습니다.

전대(前代)에는 어느 누구도 어린이가 순진한 피조물이라고 생각하거나 어린이 시절이 특별한 양식의 옷이나 태도에 의해 사춘기, 청년기, 성인과 구분되는 삶의 단계라고 생각하지 않았습니다.[12] 어린이에 대한 이와 같은 인식은 비단 프랑스의 역사에 국한된 것이 아닙니다. 오늘날과 같은 '아동문학'에 대한 인식은 방정환에 의해 『어린이』(1923-1934)가 발간될 무렵에 이루어집니다.[13]

아이를 소중하게 여긴다는 사상은 하나의 특이한 종교적 관념으로 나타난 것일 뿐 자명한 사고는 아니었습니다. 가라타니 고진도 '아동의 발견'을 논하면서 '옛날 이야기'는 아이를 위해 존재했던 것이 아니라는 점을 거듭 강조합니다.[14] 아동기에 해당하는 단어들(애야, 애들아)이 남에

---

12 로버트 단턴, 조한욱 옮김, 「농부들은 이야기한다: 마더 구스 이야기의 의미」, 『고양이 대학살—프랑스 문화사 속의 다른 이야기들』, 문학과지성사, 2003, 50면.

13 근대 아동문학에 대한 논의는 다음과 같은 글을 참고했습니다(신현득, 「한국 근대아동문학 형성과정 연구—최남선의 공적을 중심으로」, 『국문학논집』 17, 단국대학교 국어국문학과, 2000; 원종찬, 「韓·日 아동문학의 기원과 성격 비교—방정환과 한국 근대아동문학의 본질」, 『인문학연구』 11, 인하대학교 한국학연구소, 2000; 김화선, 「한국 근대 아동문학의 형성과정 연구」, 충남대학교 박사학위 논문, 2002).

14 가라타니 고진, 박유하 옮김, 「아동의 발견」, 『일본근대문학의 기원』, 민음사, 1997, 166면. 김화선도 근대 아동문학의 형성기를 논하면서 '아동문학'은 당 시대 어른들이 아동을 호명해 주는 하나의 이데올로기라고 제언합니다.(김화선, 위의 논문)

게 복종해야 하는 '낮은 위치의 남자'를 지칭하는 일상어로 쓰였다는 점에서,[15] 설화 「오세암」에서 주인공 '아이'의 의미는 오늘날 문학에 등장하는 아동(兒童)에 대한 개념과는 다릅니다. 설화에서 '아이'는 인간 중에서도 부족하거나 불완전한 개체라는 의미를 띠고 있습니다.

설화와 전설의 서두에서 '관음암'과 더불어 '스님'이 강조된 것도, 양자 모두 '불완전한 존재'와 '부처님(神)'을 연결해 주는 '매개공간'과 '매개자'로서 의의가 있기 때문입니다. '스님'은 한겨울 외진 암자에 아무것도 제대로 할 수 없는 '불완전한 존재'를 혼자 남겨둔다는 점에서, '관음암'은 부처님의 영험이 실현될 수 있는 만남의 장이라는 점에서, 양자 모두 '불완전한 존재'가 '부처님(神)'에게 온전히 귀의(歸依)할 수 있도록 매개가 되어 줍니다.

요컨대 설화에서 '아이'는 오늘날과 같이 귀엽고 소중한 의미의 '어린이'가 아니라 '불완전한 존재 조건을 가진 인간'을 상징하고 있습니다. '설화' 「오세암」이 정채봉에 의해 '동화' 「오세암」으로 전개될 수 있었던 것도 전대(前代)와 다른 어린이에 대한 인식 변화가 선행해 있기 때문입니다. 근대에 이르러서야 아이는 '불완전한 인간'이 아니라 독립된 인격체 '어린이'로 인식되었습니다. 방정환은 '어린이 날' 선언문에서 어린이에 대해 '인격적 대우', '노동 해방', '시설 마련' 세 가지를 들어 독립된 인격체로서 어린이의 의의를 강조합니다.

---

15 필립 아리에스, 문지영 옮김, 「아동기에 대한 인식」, 『아동의 탄생』, 새물결, 2003, 78-79
     면 참조.

'어린 아이'는 '어리다' '힘이 약하다'라는 의미를 띠고 있지만, '어린이'는 또 하나의 완전한 개체인 동시에 사회적으로 대우받아야 할 대상입니다. 이러한 근대 아동관에서 한 차원 더 나아가, 정채봉은 '어린 아이'에게 절대적 의미를 부여합니다. 정채봉은 '아이'를 불완전한 존재로 보는 것이 아니라 오히려 '아이'의 인격에 최대한의 의미를 부여하고 있습니다.

3. 동화: '동심(童心)' 창조

설화 「오세암」이 '신앙'에 초점을 맞추어 전개된 포교(布敎) 목적의 이야기라면, 정채봉의 「오세암」은 '어린 아이'에게 초점을 맞추어 전개된 동화입니다. 최래옥은 전설의 변이 요인을 '전설자체내의 전승력'과 '전설수용자의 의식' 두 가지로 나누고 있습니다.[16] 전설 「오세암」이 동화 「오세암」으로 계승되어 개작된 것도 같은 맥락에서 설명할 수 있습니다. '전설수용자의 의식'이라는 측면에서, 조실부모(早失父母)하고 조부모의 슬하에서 자란 정채봉은 엄마에 대한 강한 그리움을 가지고 있었으며 이러한 작가 의식이 전설 「오세암」을 동화 「오세암」으로 거듭나게 한 추동력일 것입니다.

정채봉 동화 「오세암」의 주인공 '어린 아이'는 다음과 같은 특징을

---

16 최래옥, 「傳承變異의 理論」, 『한국구비전설의 연구』, 일조각, 1981, 101-111면.

지니고 있습니다. 동화의 양이 늘어나면서, 이야기는 11장으로 나누어져 있으며 개별 장에는 소제목이 있습니다.

소제목	장소	사건
바다보다 넓게 내리는 눈	바다의 포구	길손 남매와 스님의 만남
바람의 손자국, 발자국	절	'마음의 눈'을 뜨기 위해 암자행 결정
물초롱 속에 구름을 넣어서	암자로 가는 산행길	작은 물초롱에 흰구름을 넣고 감
입김으로 피운 꽃	암자	꽃을 통해 돌부처를 생각함
살며시 웃는 얼굴	골방	탱화속 보살에게 인사함
엄마라고 불러도 돼요?	골방	골방을 청소, 보살을 즐겁게 함
마음을 다해 부르면	골방과 암자	스님의 하산
쌓인 눈이 마루에 닿다	장터와 산행길	산행중 스님은 농부에게 구조됨
관세음보살, 관세음보살	산행길	길손을 찾아 스님과 감이가 암자로 감
꽃비가 내리다	골방	길손은 부처가 되고 감이는 눈뜸
연기 좀 붙들어 줘요	암자	장례식, 스님과 감이의 슬픔

동화 「오세암」이 전설과 다른 점을 크게 세 가지로 설명할 수 있습니다. 첫째, 작중 '어린 아이'는 독자적 인격체로 등장합니다. 주인공 소년은 '길손이'라는 이름을 가지고 있습니다. 소년과 '스님'이 우연히 마주치는 도입부를 통해, 정채봉은 소년이 스님과 혈연적 종속관계가 아니라 대등한 개체로서 독자적인 주체임을 보여줍니다. '스님'이라는 매개자에 의한 '불완전한 인간(아이)'과 '신(神)'의 만남을 보여주는 전대(前代)의 설화(관음설화)에 비해, 정채봉의 동화는 '어린이'의 시련과 성장을 어른(스

님)의 것과 동일한 차원으로 봅니다.

작품 초입의 '포구(浦口)'라는 공간 설정은 이러한 사실을 반증해 줍니다. 포구(浦口)는 삶의 고해(苦海)를 건너는 두 주체간의 만남의 장입니다. 굳이 인간은 고(苦)의 주체(主體)이며 모든 인간은 무지(無知), 욕망(慾望), 집착(執着) 등 번뇌에 의해 괴로움의 바다(苦海)를 헤매고 있다는 불교의 교리를 인용하지 않더라도, 포구에서 만난 '스님'과 '길손'은 두 가지 타입의 동일한 인격체입니다.[17] 불교에서 인간은 본래 불성(佛性)을 구유(具有)하고 있습니다. '스스로 깨달음을 얻은 인간은 부처(길손)'가 되는 반면, '깨달음을 얻어내지 못한 상태에 있는 인간은 중생(스님)'입니다. 깨닫기 이전, 길손이는 '고(苦)의 주체'로서 인간 일반을 대변합니다. 길손이가 당면한 고(苦)는 '엄마의 부재'라는 점에서 '애별리고(愛別離苦)'라 할 수 있습니다. 어린 아이 길손이가 깨달음에 이르는 존재라면 어른인 스님은 깨닫지 못하는 존재입니다.

둘째, 이야기의 '이적성(異蹟性)이 약화'되고 천진한 어린이의 체험이 강조됩니다. 소제목 '바람의 손자국, 발자국'에는 절에서 생활하는 소년의 일상, '물초롱 속에 구름을 넣어서'는 관음암으로 향하는 산행길, '입김으로 피운 꽃'에는 암자에서 소년의 일과가 구체적으로 나타나 있습니다. 뿐만 아니라, '살며시 웃는 얼굴'·'엄마라고 불러도 돼요?'에서는 소년이 탱화속 보살에게 말을 거는 순박한 장면이 나타나 있습니다.

작품이 소년의 '죽음'과 '장례식'으로 귀결됨으로써, 종교적 신성성이

---

17 최근덕, 「유교와 불교에 있어서의 이상적 인격」, 『불교연구』 15, 1998, 39면 참조.

약화됩니다. 설화에서 소년의 오도(悟道)는 이적성(異蹟性)을 띠고 있으나, 동화에서 소년의 성불(成佛)과 장례는 인간의 '깨달음'과 '죽음'을 보여줍니다. 소년이 성장에 이르는 과정에는 여러 가지 역경이 있습니다. 소년은 집도 없고 가족도 없습니다. 소년이 소경인 '감이 누나'와 동행한다는 사실은 소년의 여정이 고행(苦行)이며 이타적인 길로 나아갈 것임을 시사합니다.

특히 소년의 깨달음 과정에는 설화에 존재하지 않았던 '골방'과 '탱화'가 제시되어 있습니다. 암자에서, 공포와 금기의 공간인 '골방'과 그곳에 있던 그림 '탱화'는 소년의 통과의례(입사식)를 보여주는데 일조합니다. 소년은 스님에 의해 금기시 되었던 공간 "문둥병 스님이 묵고 있다가 죽은 곳"(무서운 곳)에 들어감으로써 자신의 꿈(엄마와의 만남)을 실현합니다. 이때 소년의 '깨달음'과 '누이의 개안(開眼)'은 어린 아이의 성장 지표가 됩니다.

셋째, 어린 아이의 이타적(利他的) 정서가 강조되어 있습니다. 설화에서 어린 아이는 엄마를 만나고 성불(成佛)한 데 그치지만, 정채봉의 동화에서 어린 아이는 엄마를 만나고 누이의 눈을 뜨게 하며 스님의 부처님 공부에 도움을 줍니다. 정채봉은 시종일관 '어린 아이'에게 이야기의 초점을 맞추고 있음은 물론, '어린 아이'의 마음에 역동적 의미를 부여하고 있습니다. 그 결과 작중 어린 아이는 주변 인물들은 물론 독자에게 교훈을 줍니다. 마지막 장 '연기 좀 붙들어 줘요'에서 소년은 성불(成佛)함으로써 누이의 개안(開眼)을 돕습니다. 반면 스님은 부처님 공부를 반성하고, 누이는 막상 눈을 뜨고 본 세상이 아름답지 않아 실망합니다. 정채봉은 어른(스님)을 능가하는 뛰어난 개체로서 어린 아이의 존재를 강조합니다. 정채봉은 어린이의 마음(童心)이야말로 종교의 교리를 능가하는 생명의 진리로 봅니다.

그렇다면 정채봉이 강조하는 동심(童心)은 과연 어떤 것일까요. 작중에서 '어린 아이'가 '거지'라는 상황 설정은 정채봉이 추구하는 동심(童心)의 의미를 알게 해 줍니다. 작중에서 '거지 남매'는 집도 없으며 부모도 없이 '얻어먹고 다니는 아이들'입니다. 사회적 편견에 의하면, '얻어먹는 아이'는 근본을 알 수 없는 아이이며 교육받지 않은 아이를 의미합니다. 정채봉이 작중 소년을 '얻어먹는 아이'로 설정한 것은 '동심(童心)'이 가공적이고 인위적인 현실의 영역과 거리가 먼, 자연(自然)의 영역에 속하는 것임을 보여줍니다.

'동심(童心)'은 아이가 가정과 학교를 비롯한 제도로부터 사회화되기 이전, 어떤 주의나 관념에도 치우치지 않은 눈으로 세계를 바라보는 것, 말 그대로 자연(自然)의 시선입니다. 이러한 동심(童心)의 성격은 성장소설『초승달과 밤배』에서 뚜렷하게 나타납니다. 주인공 '난나'의 성장을 돕는 것은 제도권의 '학교'와 '교사'가 아닙니다. 초등학교의 담임선생님과 학교는 '난나'의 성장에 일조하지 못합니다. 바닷가에서 자연에 동화된 삶을 사는 '동묵아저씨'와 '자연'이야 말로 '난나'에게는 진정한 교사입니다.

정채봉이 강조하는 동심(童心)은 동화「오세암」에서 '신성한 진리'와 '해맑은 정서'로 나타나는데 양자는 복합적으로 얽혀 있습니다. 우선 '신성한 진리'가 드러나는 대목을 소개하면 다음과 같습니다.

① "바람은 우리 눈에 안 보여. 비, 눈, 서리는 보이지. 그러나 바람은 안 보인단 말이야. 바람의 손자국, 발자국만 보여. 굴러가는 낙엽, 흔들리는 나뭇가지, 바람이 짚고 다니는 손자국 발자국만 보인단 말이야."(172면)

② "누나, 꽃이 피었다. 겨울인데 말이야. 바위틈 얼음 속에 발을 묻고 피었어. 누나, 병아리의 가슴털을 만져 본 적이 있지? 그래, 그처럼 꽃이 아주아주 보송보송해. 저기 저 돌부처님이 입김으로 키우셨나 봐."(178면)

③ "스님, 나하고 좀 놀아." "앉아 있기만 하면 뭣 해! 벽에 뭐가 있어? 솜다리꽃 하나도 피우지 못하구서!"(179면)

눈, 바다, 바람, 꽃과 같은 자연물에 대한 시선은 아이의 시선이라기보다 구도자의 시선에 가깝습니다. ①은 바람에 대한 설명입니다. '바람'의 본질(원형)은 보이지 않으며, 우리는 바람이 불러일으키는 '자국(흔적)'만 볼 수 있습니다. '굴러가는 낙엽'과 '흔들리는 나뭇가지'는 바람의 본질이 아니며, 바람이 스쳐 지나간 흔적에 지나지 않습니다. 우리는 본질이 다녀간 흔적을 통해 본질을 감지할 뿐, 결코 본질을 알 수 없습니다. 이때 '바람'은 단순히 자연의 일기(一氣, wind)일 뿐 아니라 인간의 내면에 존재하는 '바람(desire)'이기도 합니다. 우리가 자신의 '바람(慾望)'을 제대로 볼 수 없는 것은 본질이 아닌 그 흔적만을 추적하기 때문입니다. 우리는 실상 '바람(慾望)'이 아니라, 바람(慾望)의 흔적과 자국 속에 격랑합니다.

②와 ③은 부처님과 관련하여 구도자의 자세를 보여줍니다. 겨울철 바위틈에서 부처님의 존재를 발견하는 것, 그것은 세상을 등지고 형식과 틀에 갇혀 있는 구도자와 대조적입니다. 진정한 구도는 면벽(面壁)참선이 라는 '형식'에 있는 것이 아니고, 사소한 '일상'에서부터 시작됩니다. 그 렇다고 해서, 정채봉이 일반인과 수도자 간의 대립을 통해 종교를 비판 하는 것은 아닙니다. 굳이 비판한다면, 그것은 어른들의 관성화된 태도 입니다. 근대인들이 '아동의 의미를 발견'했다면, 정채봉은 '동심(童心)에 절대적 의미'를 부여합니다.

다음으로, '해맑은 정서'를 표출하는 시선을 살펴보면 다음과 같습니다.

① "스님이야, 머리에 머리카락 씨만 뿌려져 있는 사람이야"(166면)

② "누나, 오늘 하늘이 저 스님이 입은 옷색깔하고 같아 (중략) 맛없는 국 색깔 (중략) 식은 나물국 스님이 가고 있다."(167-168면)

③ "부처님도 참 성가시겠다. 그지, 누나? 사람들이 자꾸자꾸 조르기만 하니까. 나 같으면 부처님을 좀 즐겁게 해드리겠는데…"(171면)

④ "스님, 나도 마음의 눈을 뜨고 싶어, 바람도 보고 하늘 뒤란도 보고 싶어. 그래서 우리 감이 누나한테 이 바깥 세상을 더 잘 말해주고 싶어."(173면)

소년은 감이 누나에게 스님을 "머리에 머리카락 씨만 뿌려져 있는 사람", "식은 나물국" 빛깔의 옷을 입고 있는 사람이라고 묘사합니다. 신도들에 대해서는 부처님께 "자꾸자꾸 조르기만 하"는 사람으로 묘사합니다. 단순한 묘사인 것 같지만, 작중 내용에 비추어 본다면 중의적입니다. 떠돌이 거지 소년이 성불(成佛)한 데 비해 속세를 떠나 산속에서 구도만 하는 스님은 실상 부처님의 속마음조차 알고 있지 않다는 점에서, 스님은 아무것도 거두어들이지 못한 채 "씨만 뿌려져 있는" 덜된 존재이기 때문입니다. 일반 신도들을 포함하여 그들은 "자꾸자꾸 조르기만"하면서 자기 내면만 들여다볼 뿐 부처님의 속마음을 알기 위한 노력은 하지 않았습니다.

그런 의미에서 인용문 ④는 어린 소년의 구도 자세가 엿보이는 대목입니다. 거지 소년은 '나의 것'을 얻기 위해 '마음의 눈(깨달음)'을 뜨려는 것이 아니라, "감이 누나한테 이 바깥세상을 더 잘 말해주"기 위해 구하는 것입니다. 어린 아이 길손이의 동심(童心)을 편의상 '신성한 진리'와 '해맑은 정서'로 나누어 보았지만, '신성한 진리'와 '해맑은 정서'는 뚜렷이 구분되지 않습니다. 요컨대 어린이의 해맑은 정서야말로 종교를 능가하는 신성한 진리라는 명제는, 정채봉이 평소 강조하는 동심(童心)의 의미입니다.

정채봉은 '동심(童心)'을 '아름다움'으로 보고 있으며, 이 아름다움으로 세상을 구원할 수 있다고 봅니다. 그에 의하면, '동심(童心)'은 영혼의 고향으로서 인간의 삶을 위로해 주고, 보다 나은 삶으로 승화시키려는 정신입니다.

"아름다움이 이 세상을 구원할 것이라는 도스토예프스키의 믿음을 나도 믿는데 나의 이 신앙은 동심(童心)이다. 흔히들 동심을 아이 마음으로만 말하나 나는 한걸음 나아가 영혼의 고향이라고 생각한다. 이 동심으로 우리는 악을 제어할 수 있으며, 죄에서 회개할 수 있으며 신의 의지에도 나아갈 수 있다. 이 영혼의 고향(童心) 구현이 나의 작품세계의 기조이다."[18]

"'하느님은 동화이시다.' 이 얼마나 합당한 이치인가. 우리들 육신의 고향이 출생지나 어머니를 말한다면 영혼의 고향은 童心이므로 이를 기조로 한 동화야말로 하느님, 그 의의에 해당하는 것이다. (중략) 나는 내 동화의 역할을 '인간의 삶을 위로해 주고 보다 승화시키는 데'에 두고 있다."[19]

설화 「오세암」이 구도자의 '신앙심'을 강조하고 있다면, 정채봉의 「오세암」은 어린 아이를 주인공으로 하여 '동심(童心)'을 강조합니다. 정채봉은 훈육되어야 할 존재로서 아동을 바라보는 것이 아니라, 오히려 아동을 통해서 세계에 대한 올바른 태도를 제시합니다. 정채봉에게 있어서 동심(童心)은 자연의 이치를 깨닫고, 이를 현실에 실현하는 구체적이고 실천적인 개념입니다.[20]

---

18 정채봉, 「작가의 말—왜 동화를 쓰느냐고 물으신다면」, 『물에서 나온 새』, 샘터, 2002, 5면.

19 정채봉, 「하느님은 동화이시다」, 『아동문학평론』 51, 1989 여름, 22-24면.

20 가령, 정채봉의 「물에서 나온 새」에서 동심(童心)은 다음과 같은 단계를 거쳐서 구현됩니다. 화가(어른) → 달밤을 통해 깨달음(동심의 발견) → 걸작 완성(동심 구현)

성장 소설(bildungsroman)은 주인공이 어린시절부터 여러 가지 체험을 통해 세계 내에서 자신의 정체나 역할을 인식하는 성숙기에 도달하기까지, 정신과 성격의 발전 과정을 보여주는 소설입니다.[21] 성장 소설에는 무엇보다도 작중 인물이 겪는 '정신의 위기'와 이에 따른 '자아의 각성', 나아가 '자아와 세계 사이의 관계 정립'이 요구됩니다.[22] 그러므로 성장 소설은 이야기의 완결 부분에 이르러 자아가 적대적인 주변 세계와 화해하게 됩니다.[23]

정채봉의 「오세암」을 성장 소설의 구도에 맞추어 보면, 주인공은 '정신의 위기'와 '자아의 각성' 없이 곧바로 '자아와 세계 사이의 관계 정립'에 들어감을 알 수 있습니다. '집과 엄마의 부재' · '누이의 실명'이라는 작중 상황이 '위기'임에도, 주인공은 좌절을 경험하지 않고 오히려 낙관적입니다. 눈바람 속에서 얼어 죽을까 걱정하는 스님에게 길손은 다음과 같이 말합니다. "괜찮아. 우리가 싸우지만 않으면 돼. 우리가 사이좋게 있으면 매운 바람도 우릴 비켜 가는걸."(168면) 이러한 작중 주인공의 진술은 주인공이 이미 각성된 존재이거나 각성이 필요 없는 존재, 그 자체로 완결된 인격체임을 보여줍니다. 작중에서 자아는 세계와 갈등하지 않고서 자아와 세계 사이에 관계를 정립합니다.

자아는 세계에 대해 우위의 입지에 있습니다. 이른바 불성(佛聖)과 같

21 M.H.Abrams, 최상규 옮김, 『문학용어사전』, 예림기획, 1997, 242면.

22 장경열, 「반(反)성장소설로서의 성장소설」, 『작가세계』, 1991 겨울호, 78면.

23 이보영 외, 「성장소설의 개념」, 『성장소설이란 무엇인가』, 청예원, 1999, 72면.

은 신비한 동심(童心)을 구비한 아이가 이 세계의 고난을 평정한다는 것입니다. 정채봉은 '동심(童心)'이 어린이 뿐 아니라, 성인들에게도 다시 소환해야 할 정서적 덕목임을 보여줍니다. 그는 거지 아이의 동심(童心)을 신성하고 깨끗하게 형상화함으로써, 어린이의 성장 서사라기보다 인간 삶의 보편적인 양태를 보여줍니다.

왜냐하면 '동심(童心)'이 '세상을 정화시킬 수 있다'는 무거운 명제는, 어린이보다 현실에 찌든 어른들에게 더욱 적합한 과제이기 때문입니다. 정채봉의 「오세암」은 어린이를 독자로 하기에는 관념적인 성격이 강합니다. 간결한 문체와 신선한 내용에도 불구하고, 정채봉의 「오세암」은 현실적인 어린이의 구체성이 결여되어 있기 때문입니다. 정채봉의 「오세암」에서, 당면한 세계에 대해 갈등 없이 관계를 정립해 나가는 주인공 '어린 아이'는 완결된 인격체이자 절대적 존재입니다. 정채봉은 거지 아이를 통해 동심(童心)의 무한한 역량을 역설적으로 보여주고 있습니다.

4. 애니메이션의 탄생1: '소년의 입사식', 시련의 극복

동화와 달리 애니메이션은 어린 아이가 겪는 '정신의 위기'가 구체적으로 제시되어 있어 성장 서사의 성격을 갖추고 있습니다. 성장 서사에서 어린 길손이 절(백담사)에서 느낀 '결핍'과 암자(관음암)에서 느낀 '외로움'은 주인공이 겪는 '정신의 위기'에 해당합니다. 정신의 위기감을 극복한 길손은 자신의 의지를 조절할 수 있는 성숙하고 능동적인 개체가 됩니다. 암자에서 길손이가 만난 탱화 속의 보살은 시련을 감내해 낸 길손이가 맞는 축복과 성장을 의미합니다.

동화 「오세암」에서 '동심(童心)이 세상을 구원할 수 있다'는 다소 무거운 주제를 보여주고 있다면, 애니메이션 <오세암—엄마를 만나는 곳>은 엄마를 찾아나서는 어린 아이의 성장담을 보여주고 있습니다. 애니메이션의 시나리오 대신하여, 유사한 서사 구조를 가지고 있는 정리태의 개작 동화『오세암—엄마를 만나는 곳』(샘터, 2003)을 통해 이야기의 전개 과정을 살펴보면 다음과 같습니다.

소제목	장소	사건
흰 구름을 닮은 아이	바닷가 모래사장	엄마를 그리워하는 남매
누나 손을 놓지 않을게	냇가	내를 건넘, 강아지 등장
식은 나물국 스님	냇가의 들판	남매와 설정, 일지 스님의 만남. 함께 절로 감
고무신이 나무에 걸렸네	백담사법당	길손이 대법당에서 악동짓을 함
나쁜 애들도 엄마가 있는데	법당 마당	'엄마와 온 아이들'과 절에서 싸움
바람의 손자국, 발자국	법당	공부하러 암자에 가기로 함
물초롱 속에 구름을 넣어서	산행길과 암자	개똥지바퀴, 물초롱, 솜다리꽃을 봄
마음을 다해 부르면	암자와 골방	탱화속 보살과의 만남
관세음보살, 관세음보살	농부의 집과 암자의 골방	스님이 양식을 구하러 하산함
파랑새가 날아가고 있어요	암자의 골방	길손의 성불, 감이의 개안

동화와 비교하여 애니메이션은 작중 주인공 '어린 아이'의 성격과 사건의 리얼리티가 강화되어 있습니다. 어린 아이 '길손'의 성격은 다음과 같은 상황과 인물 설정을 통해, 리얼리티를 확보하고 있습니다.

첫째, 어린 남매의 방랑은 '엄마 부재'에서 기인합니다. 그렇다면 이러한 의문이 듭니다. 어머니의 결핍에 비해 아버지의 결핍이 문제시되지 않는 이유는 무엇일까. 이 물음은 정채봉 동화와 애니메이션 제작자의 공통된 특성을 한마디로 요약하게 해 주는 질문입니다. 문학 작품에서 '아버지'가 기성 질서와 제도의 대행자의 의미를 띠고 있다고 볼 때, 정채봉과 애니메이션 제작자들은 '엄마 찾기'를 통해 인간이 만들어 놓은 인공적인 질서가 아닌 '자연'의 질서를 쫓고 있습니다.

어린 아이는 엄마를 찾는다는 뚜렷한 목적을 가지고 방황합니다. 애니메이션의 부제가 "엄마를 만나는 곳"이라는 사실에서 짐작할 수 있듯이, 오세암은 오도(悟道)의 신비가 실현되는 종교적 공간이 아니라 그리운 엄마를 만나는 장소입니다. 애니메이션에서 '엄마'는 종교적인 절대자라기보다 '육친'의 의미를 띠고 있습니다. 정채봉이 동화 「오세암」에서 '동심(童心)'의 절대적 의미를 강조하고 있다면, 애니메이션 <오세암—엄마를 만나는 곳>은 '엄마 찾기' 모티프를 통해 어린이의 성장 체험을 부각시킨 것입니다. '엄마'를 찾으려는 욕망이 강렬해질수록, 어린 아이는 현실에서 '고아 의식'을 깊이 절감하게 됩니다. 작중에서 '고아 의식'은 인물의 결핍과 불완전성을 강조하면서 동시에 어린 아이의 성장 추동력이 됩니다.

둘째, 다양한 부수적 캐릭터가 등장함으로써 주인공은 우리가 일상에서 보편적으로 만날 수 있는 평범한 인물로 존재합니다. 애니메이션에 등장하는 다양한 부수적 인물은 길손이의 아이다운 면모를 부각시키는 데 일조합니다. 부수적 인물은 길손이가 비범한 존재가 아니라, 우리 주변에 존재하는 평범한 어린이임을 보여주는 장치가 됩니다. 예컨대 강아지 '바람'은 길손이의 동심(童心)을 보여주는 데 효과적인 역할을 수행합니다. '일지 스님'은 길손이와 옥신각신하는 가운데 길손이가 천진난만한 악동(惡童)임을 보여줍니다.

강아지 '바람'과 '일지 스님' 양자 모두 주인공의 입체적 성격(순수, 악동)을 보여주며 인물의 성격 형상화에 기여합니다. '마을에서 먹을 것을 주는 아주머니'는 길손에게 엄마의 부재와 그리움을 가중시키고 있습니다. 이외 '엄마 손을 잡고 절에 온 나쁜 아이들'은 길손 남매와 한바탕 싸움을 벌이면서 고아 남매의 결핍을 가중시킵니다. 이들은 단순히 엄마에 대한 그리움 외, 길손 남매에게 '수치심'을 조장합니다. 이들의 등장으로 말미암아, 길손은 '눈먼 봉사 누나의 거지 동생'이라는 당면한 자신의 결핍을 자각하고 '고아 의식'을 절감하게 됩니다.

5. 애니메이션의 탄생2: 채색의 서사화

애니메이션은 색채를 통해 감각적이고 생생한 '회상' 형식을 도입함으로써, 거지 남매의 '과거'와 '현재'를 유기적으로 연결해 주고 있습니다. 감이는 '엄마 손을 잡고 절에 온 나쁜 아이들'로 인해 슬픔이 고조되자, 어린 시절 자신이 경험한 '화재 현장'을 떠올립니다. 잿빛 기억으로 남아 있는 그 시절, 온통 '붉은색'으로 세간을 뒤덮은 '불'은 '엄마의 죽음'을 암시해 주고 있습니다. 세간이 다 타들어 가는 와중에, 엄마가 화염 속에서 아이를 꺼내놓는 장면은 동화에 없는 '엄마의 죽음'과 그 원인을 보여준다는 점에서 서사의 인과성과 리얼리티를 확보하고 있습니다. 회색빛으로 시작되는 과거의 기억과 붉은색으로 점철되는 화재 현장에 대한 감이의 회상은 어머니에 대한 기억은 물론 그의 실명(失明)이 화재 및 어머니의 죽음과 관련 있음을 암시해 줍니다.

동화를 통해 눈으로 보고 읽기만 하던 일차원적인 시각 기능은 애니메이션이라는 미디어의 변형을 거치면서 소리·촉감을 함께 느끼는 다차원적 시각 기능으로 변환되어 색채의 의미와 중요성이 강조됩니다. 애니메이션은 제작과정에서 색채의 효과적인 사용이 중요한 데, 색채에 의해 사건 발생 공간을 생생한 무대 효과를 주게 됩니다. 애니메이션에서 색채는 시각적 메시지에 생명을 주고 움직이게 만들며, 강조하고 더 이해하기 쉽게 만들고 구별하기 쉽게 만드는 것입니다. 애니메이션에서 색은 감정이 있고 형체가 여러 가지 표정을 나타내듯 색도 갖가지 표정을 지녔으며, 보는 사람으로 하여금 여러 가지 감정을 불러일으킵니다.[24]

애니메이션에서 캐릭터의 성격 표현은 캐릭터의 디자인과 연기에 의존하나, 색의 지정도 중요한 비중을 차지합니다. 캐릭터가 입고 있는

---

24 서혜옥, 「디지털 애니메이션의 색채에 관한 연구」, 『시각디자인학연구』 7, 커뮤니케이션디자인협회·시각디자인학회, 2001, 155-162면 참조.

의상이나 장신구 등의 색채에서도 성격이 표현되며, 배경의 색채에 따라 장면의 분위기도 달라집니다.[25] 그럼 색채 미학에 초점을 맞추어 애니메이션에 등장하는 작중 '어린 아이'의 성격을 살펴보겠습니다.

애니메이션에서 색채 미학은 작중 인물의 역동성을 배가시킵니다. 애니메이션 <오세암—엄마를 만나는 곳>은 어린이들이 좋아하는 색상인 "빨간색 → 파란색 → 초록 → 주황색 → 노란색"[26]이 적절하게 배합되어 있습니다. 주인공인 길손이와 감이의 옷은 "빨간색", "주황색", "노란색"으로 배열되어 있으며 배경인 푸른 바다와 하늘은 "파란색"과 "초록색"으로 채색되어 있습니다. 길손이는 쑥색 상의에 '주황색 목도리'를 하고 있으며 밤색 바지를 입고 있습니다. 감이 누나는 노란색 상의에 '빨간색 댕기'를 하고 밤색 치마를 입고 있습니다. 길손이의 '주황색 목도리'와 감이의 '빨간색 댕기'는 설화를 비롯하여 동화에는 나타나지 않는 인물의 구체적인 형상화로서, 극 중 다른 인물과 구분되는 주인공들만의 장신구입니다.

애니메이션 <오세암—엄마를 만나는 곳>에서 중요한 색상은 흰색입니다. 바다가 푸른색 색조를 띤 옥빛이라면 눈 덮인 산은 옥빛을 띤 흰색입니다. 아울러 스님들이 입은 옷이 잿빛이며 강아지 '바람' 역시 흰색입니다. 반면, 작중 주인공인 길손이와 감이는 황금색 및 감색과 같은 밝은 색 옷을 입고 있습니다. 주인공을 제외한 배경과 부수적 캐릭터들이 흰

---

25 황선길, 「애니메이션의 색채」, 『애니메이션의 이해』, 디자인하우스, 1996, 222면.
26 황선길, 위의 책, 225면.

색에 가까운 엷은 색을 띠고 있는데 비해, 화면에서 주인공 남매는 짙은 색상의 의상을 입고 있으므로 그들의 움직임이 훨씬 두드러지고 역동적으로 보입니다. 작중 다양한 색채는 서양의 회화에서 볼 수 있는 강렬한 원색이 아니라, 동양의 화폭에서 볼 수 있는 엷은 색과 중간색을 쓰고 있습니다.

애니메이션의 조직적인 색채 구성은 작품의 공간과 시간 구성에서 입체적이고 감각적인 역량을 발휘하여, 인물의 내면 묘사에 기여합니다. 애니메이션 <오세암—엄마를 만나는 곳>은 다양한 색감을 통해 작품의 공간과 시간을 구체적이고 역동적으로 묘사합니다. 동화와 애니메이션의 작중 공간을 각각 비교해 보겠습니다.

> 동화: '바다의 포구' → '산속의 절' → '산중턱의 관음암' → '관음암의 골방'
> 애니메이션: '바다' → '들판' → '산속의 냇가' → '산속의 절' → '산꼭대기 암자'

정채봉의 동화에서 작중 공간은[27] 바다와 산이라는 단조로운 구성을 보이는 반면, 애니메이션에서는 바다, 들판, 산속으로 다채로운 공간을 설정하고 있습니다. 산속의 공간도 냇가, 절, 산꼭대기 암자로 세분화

---

27 유한근은 정채봉의 「오세암」의 공간을 수직과 수평으로 나누어, 수직적 구조는 불교 설화의 문학적 수용으로 수평적 구소는 동심의 수용으로 보았습니다. 그는 불교 교리를 근간으로 인물의 득도(得道) 과정을 설명합니다. 유한근, 위의 글, 41-44면.

되어 있습니다. 각각의 공간은 색상이 입혀짐으로써 구체적이고 입체성
을 띠게 됩니다.

'푸른색'의 바다와 '노란색'의 들판, '푸른색'의 냇물과 '노란색'의 황
토, 그리고 암자에서는 '노란색'과 '푸른색' 대신 '흰색'의 눈 덮인 암자
가 나타납니다. '흰색'은 모든 색 중 가장 가벼운 색으로 빛을 상징합니
다.[28] '푸른색의 바다, 노란색의 황토, 흰색의 눈'과 같은 색상과 그에
따른 공간의 수직적 이동은 길손이의 눈에 보이지 않는 수행(修行)과 내
면의 성장을 가시적으로 보여줍니다. 고통의 바다(苦海)에서 산속의 절
로, 그리고 산꼭대기 암자로의 이동은 주인공의 수행(修行) 과정 및 정신
세계가 하나로 집중되고 상승하고 있음을 보여준다.

동화와 애니메이션의 차이는 시간의 설정에 있어서도 흥미로운 차이
를 보이고 있습니다.

> 동화: '첫눈이 내리는 초겨울' → '한 겨울' → '초 봄'
> 애니메이션: '가을' → '겨울' → '첫 눈' → '폭설' → '봄' → '꽃비'

동화가 겨울과 봄이라는 단조로운 시간 구성을 가지고 있는데 비해,
애니메이션은 '가을'이 추가되어 있습니다. 뿐만 아니라 겨울과 봄도 인
물의 고난과 성장을 드러낼 수 있도록 각각 세분화되고 입체적으로 배열
되어 있습니다.

---

28 황선길, 위의 책, 225면.

애니메이션은 서사의 흐름에 맞추어, 절기의 변화를 비롯하여 다양한 일기변화를 서사에 감각적으로 동원하고 있습니다. 애니메이션의 초입에는 감이의 댕기 빛과 동일한 '빨간 단풍잎'이 길손이와 감이의 머리 위로 떨어집니다. 늦가을이니 만치 '푸른색' 냇물이 차가워서 감이는 차가움에 몸을 떱니다. 늦가을, 남매는 스님을 따라 절에 들어갑니다.

길손이가 백담사에 머무는 동안, 주위 나무들은 '울긋불긋 화려한 단풍'을 보여주고, '노란색' 황토는 더욱 짙은 색이 됩니다. 반면, 관음암의 암자로 떠나는 날 새벽에는 '첫눈'이 내리는가 하면, 길손이의 산행 길은 온통 '흰색'의 '눈밭'이 됩니다. 설정 스님이 마을로 내려가고 관음암에 길손이가 혼자 남을 무렵, 눈은 이제 '폭설'로 변합니다.

이러한 기후의 변화는 정채봉 동화에는 드러나지 않는 부분입니다. '푸른색(냇물)'과 '붉은색(단풍잎)', 그리고 '노란색(황토·백담사)'과 '흰색(눈)'의 교차는 일기 변화 및 시간의 추이를 보여줄 뿐 아니라, 인물이 처한 상황을 적절히 암시해 줍니다. 이 추이에 따라 길손이의 내면 역시 성장합니다. 황토의 '노란색'이 조금씩 보이면서 '연분홍빛' 꽃비가 내릴 무렵, '봄'이 절정임과 동시에 길손이의 감정도 고조되고 갈등은 종식됩니다. '연분홍빛' 꽃잎이 휘날리는 봄기운 속에서 길손이는 어머니 품에 있습니다.

동화와 애니메이션은 공통적으로 '바람', '눈', '꽃' 등 자연을 인물 내면의 형상화에 활용하고 있습니다. '바람' 부는 계절에 시작하여 '폭설'을 맞으면서, 작품의 최고조에 달하며 길손의 내면 상처도 극대화됩니다. '흰 눈'이 녹고 '연분홍빛 꽃'이 피는 봄이 되자, 희고 엷은 분홍빛에 휩싸여 작중 인물의 갈등은 종식됩니다. 길손이는 엄마를 만나고, 감이는 눈을 뜨게 됩니다.

애니메이션에는 감각적인 자연의 색채 변화에 따라 인물의 내면 변화(성장)가 가시적으로 드러나게 됩니다. 특히, 애니메이션은 동화의 마지막 장면인 "연기 좀 붙들어 줘요"의 애절한 결말 대신, '엄마와의 만남'을 보여주는 환한 색채 구성과 캐릭터의 밝은 얼굴을 강조하면서 신비스러운 판타지로 끝맺습니다.

아동문학에서 환상이란 독창적인 상상력에서 생기는 것입니다. 이때 상상력이란 우리의 오관으로 알 수 있는 외계의 사물에서 끌어내는 개념을 초월한, 보다 깊은 개념을 형성하는 마음의 활동입니다.[29] 애니메이션은 완벽한 해피엔딩으로 처리됨으로써 관객들에게 환상과 꿈을 심어주고 있습니다. 애니메이션에는 설화의 '포교성'은 물론 동화의 '교훈성'마저 없어지고, '환상성'이 강조됩니다.

지금까지 살펴본 바와 같이, 애니메이션 <오세암—엄마를 만나는 곳>은 자연에 대한 다채로운 색채 묘사를 통해 정채봉의 동화를 더욱 구체적이고 감각적으로 계승하고 있습니다. 종결부의 환타지는 관객들에게 긍정적 세계인식을 보여주고 있습니다. 애니메이션은 동화 「오세암」에 비해 동심(童心)의 절대적 의미가 축소되는 대신, 보편적인 소년의 입사식으로서 '시련의 극복'이 강조되고 있습니다. 애니메이션은 '엄마의 부

---

29 Smith, L. H, 김인섭 옮김, Fantasy, the Unreluctant Years, 교학사, 1966, 204면(박상재, 앞의 글, 473-474면에서 재인용).

재'를 강조함으로써 어린이의 시련과 성장을 보여주는데 초점을 맞추고 있습니다.

애니메이션은 어린 아이의 성장을 보여주는데 주력하여, 극 중의 '성불(成佛)'은 종교적 의미가 아니라 어린 아이가 그리던 엄마를 궁극적으로 찾고 만난다는 '성장 체험'의 의미를 띠게 됩니다. 아이들에게 정서적 구심점이자 사회화의 첫걸음이 가정의 '모성'에 바탕을 두고 있다면, 관음암의 보살을 통해 어린 길손이가 발견한 모성은 성불(成佛)이라는 득도(得道)에 앞서 성장 소설로서 아이의 성장을 보여주고 있습니다.

애니메이션 제작자들은 "엄마를 찾아가는 두 꼬마의 로드무비"로서 한국형 가족 애니메이션을 기획했던 것입니다. "종교적 색깔보다는 엄마에 대한 그리움"으로 대중적 코드에 포인트를 두었으며, "다섯 살 아이의 천진난만함"을 보여주는데 주력했던 것입니다. 감독과 연출자는 다음과 같이 말합니다.

> "다른 매체와 달리, 애니메이션은 아이의 일상성을 가장 잘 살릴 수 있는 매체라고 판단하여 성격과 행동에 있어 아이다움을 극대화하는 데 많은 초점을 맞추었다."[30]

---

30 www.anioseam.com. 2003.12.24. 감독과 연출자의 언급 참조.

6. 미디어의 변화, '어린이'의 성격화

이 장에서는 설화 「오세암」이 동화 「오세암」과 애니메이션 <오세암
—엄마를 만나는 곳>으로 개작되면서 작중 '어린 아이'의 의미가 어떻게
변했는지 살펴보았습니다. 설화 「오세암」은 '관음암'과 '스님'을 중심으
로 한 불교의 포교 설화이므로 작중의 '어린 아이'는 '신'의 손길이 필요
한 '불완전한 인간'을 상징합니다. '아동'이라는 개념이 형성되기 이전
시대, 민담에 등장하는 '어린 아이'는 독립된 인격체로 인식되지 않았습
니다. 설화 「오세암」에서 '어린 아이'는 '신'의 손길이 필요한 불완전하
고 의존적 개체, '기층민'의 모습을 상징적으로 묘사해 놓은 것입니다.

반면 동화 「오세암」과 애니메이션 <오세암—엄마를 만나는 곳>은 '어
린 아이'를 주인공으로 삼아, 어린이의 동심(童心)과 성장 체험을 보여줍
니다. 정채봉은 동화 「오세암」에서 동심(童心)에 신성성(神聖性)을 부여하
고 있습니다. 작중 어린 아이는 독자적인 인격체로서 어른의 역량을 능
가하는 이타성을 실현합니다. 수행에만 전념하는 스님이 깨달음에 이르
지 못하는 데 비해, 아이는 누이의 개안(開眼)을 돕고 스님의 부처님 공부
를 돕습니다. '동심(童心)이야말로 이 세계를 구원할 수 있다'는 정채봉의
평소 신념처럼, 동화 「오세암」에서 동심(童心)은 종교를 능가하는 절대적
인 의미를 띠고 독자들에게 교훈을 줍니다. 정채봉의 동화 「오세암」은
성장 서사를 조금 빗겨나 교훈성을 노출하고 있습니다.

애니메이션 <오세암—엄마를 찾는 곳>은 '엄마의 부재'와 '고아 의식'
을 강조함으로써 어린이 성장 서사로서 리얼리티를 구비하고 있습니다.

애니메이션은 설화 및 정채봉의 동화에 비해 '엄마 찾기' 모티프를 강조함으로써, '구도자(求道者)의 신앙심', '신성한 동심(童心)'보다 어린이가 현실적인 장애(엄마 부재)를 어떻게 극복하고 성장해 가는가를 보여주는 데 주력했습니다. 애니메이션은 수용자인 어린 아이는 물론 일반 대중의 시선을 충분히 고려하여, 평범한 어린이의 성장 과정에서 일어날 수 있는 개연성 있는 상황과 부수적 인물을 추가했습니다.

'엄마를 만나는 곳'이라는 부제에서 드러나듯, 애니메이션은 '모험'과 '환상'의 요소를 가미하되 보편적인 동화에 자주 등장하는 '엄마 찾기' 모티프를 수용한 것입니다. 동화에서 '엄마'는 상징적인 존재입니다. 전래 동화에 등장하는 백설공주, 신데렐라, 심청, 콩쥐 등의 주인공을 떠올려 보아도 알 수 있듯, 동화에서 '엄마의 부재'는 단순히 아이의 결핍만을 보여주는 것이 아닙니다. 그것은 역설적으로 아이의 성장과 사회화의 계기를 마련합니다. 일반 동화에서 '엄마의 부재'는 아이에게 '절대 고독과 고립' 및 '악독한 계모의 출현'을 불러일으키는 등 표면적으로는 불행을 초래하지만, 이면적으로는 그 불행은 아이가 성숙한 인간으로 거듭날 수 있도록 하는 통과의례가 됩니다. 그 난관을 어떻게 극복하느냐에 따라 아이는 슬기롭고 현명한 인간으로서 이복자매와 다른 성숙한 인격체로 거듭날 수 있기 때문입니다.

그러므로 애니메이션에 설정된 '엄마 찾기' 모티프는 '엄마의 부재'를 절감한 고아(孤兒)를 통해 주인공의 현실적 비애(고아 의식)는 물론 성장의 구체적인 계기와 과정을 보여줍니다. 애니메이션 <오세암—엄마를 만나는 곳>은 엄마를 찾기 위해 여정에 오른 길손이가 궁극적으로 엄마를 만난다는 점에서 시련을 극복한 소년의 입사식이자 희망의 서사입니다. 애니메이션은 수익 구조에 민감한 '영상 산업'으로서 설화와 동화에 비해 수요자들의 시선에 더욱 민감한 만큼, 대중의 기대치에 충실하게 만들어졌음을 알 수 있습니다.

「오세암」 이야기의 미디어별 개작의 변천과정은 구비문학시대에서 활자문화시대 그리고 영상매체시대로 몸을 바꾸어 나가는 이 시대 문화의 흐름을 보여줍니다. 설화에서 '불완전한 인간'과 신의 만남은 구비문학 시대 기층민들의 종교적 염원을 보여주고 있습니다. 동화에서 '어린 아이'와 보살의 만남은 동심의 절대적 의미를 보여주며, 애니메이션에서 '고아 소년'과 엄마의 만남은 일반 대중의 보편적인 바람 '성장 서사'를 보여주고 있습니다. 설화가 양반과 구별되는 '기층민'의 정서를 보여주고 있다면, 동화는 어른과 구별되는 '어린이'의 정서를 보여주고 있으며 애니메이션은 '대중'의 보편적인 정서를 보여주고 있습니다.

'어린 아이'에 대한 인식은 당대 작품 수용자들의 정서를 대변하고 있습니다. 전대의 설화에 '어린 아이'가 불완전한 인간을 의미했다면, 1980년대 동화에서 '어린 아이'는 독립된 인격체는 물론 어른들의 잃어버린 원형을 대변하고 있습니다. 2003년 애니메이션에서 '어린 아이'는 결핍과 고난을 극복하는 일반 대중의 자화상을 보여주고 있습니다. '어린 아이'에 대해 정채봉이 '긍정'에서 '더 큰 긍정'의 세계를 도출하는 교훈적인 어린이의 모습을 보여준다면, 애니메이션은 '결핍'에서 '충만'의 세계로 성장해 가는 보편적인 어린이의 모습을 보여주고 있습니다. 동화와 달리 애니메이션에서 '어린 아이'는 어른들을 겨냥한 '교훈성'

대신, 일반 대중이 요구하는 아이의 '보편성'을 보여주는 것으로 대중에게 더 가깝게 다가갔던 것입니다.

애니메이션 서사학, 해석과 창조

_____ 애니메이션 〈왕후심청〉(2005)

1. 소재의 일반성

전래 동화(민담)는 언제부터 애니메이션으로 제작되었을까요. 어떤 작품이 가장 먼저 제작되었을까요. 최초 작품은 1967년 1월 7일 개봉된 장편 애니메이션 <홍길동>입니다. 이 작품은 당시 소년조선일보에 연재하고 있던 신동우의 「풍운아 홍길동」을 그의 형인 신동헌이 장편 애니메이션으로 제작한 것입니다. 황선우에 의하면 초기에는 <흥부와 놀부>(인형 애니메이션, 1968, 세기상사), <왕자호동과 낭랑공주>(1971, 세기상사), <콩쥐팥쥐>(인형 애니메이션, 1978, 유·푸로덕숀), <성춘향뎐>(1999, 투니언 서울) 등이 애니메이션으로 제작되기 시작했습니다.[1]

_____

[1] 황신우, 「한국 애니메이션」, 『애니메이션영화사』, 범우사, 1998, 152-192면 참조. 허인욱, 「연도별 극장용 애니메이션 작품 목록」, 『한국애니베이션협회』」, 신한미디어, 2002, 147-149면 참조.

심청 이야기는 1991년 MBC TV에서 애니메이션 <심청>으로 제작됩니다. MBC는 어린이들의 고전 이해를 위한 작업으로 <심청>(제작 동양동화, 감독 민경조)을 제작하여 1991년 9월 22일 추석 특집으로 방송했습니다. 국악 창(唱) 13곡을 삽입하여 애절한 느낌을 극치에 이르게 했습니다. 오프닝은 우리 고유의 민화 십장생도를 화려하게 애니메이션화 했습니다. 이 작품은 1992년 일본 국제 히로시마 애니메이션대회 초청작품으로 북한 작품과 공동 시사회를 갖기도 했습니다.[2]

다른 옛 이야기에 비해 심청 이야기가 대중적인 애니메이션으로 거듭날 수 있었던 것은 무엇 때문일까요. 그것은 '심청'의 효행이 시공을 초월하여 어느 시기의 어떤 사람들에게든 널리 수용될 수 있기 때문입니다. 이러한 사실은 다른 전래 동화(민담)과 구분되는 심청 이야기의 독자성을 보여줍니다. 다른 전래 이야기와 달리 심청 이야기는 부모에 대한 자식의 효(孝) 실행이라는 교훈성이 강합니다. 한국인은 사회적 관계를 형성하기 전에 가족내 부모와 자식의 관계를 기반으로 인륜(人倫)을 습득하고, 유교문화 관습에서 제 관계를 이해하고 확대해 나갑니다. 그런 까닭에 심청 이야기는 가족·친지가 모인 추석에, 조상에 대한 예를 다하면서 가족 윤리를 각인할 수 있는 가장 적당한 소재였던 것입니다.

효(孝)는 남북한이 모두 공유하는 가족 정서입니다. 효(孝)라는 주제는 남북한 이념 대립을 초월하는 근원적이고 보편적인 주제로서 남한과 북한이 공유하는 정서입니다. 극장용 애니메이션 <왕후심청>은 남북한

---

2 황선우, 위의 책, 174면.

합작영화로서, 2005년 8월 12일 남북한 동시 개봉한 최초 영화입니다. 광복 60년을 기념하여 8월 15일 광복절을 염두에 되고 개봉합니다. 이 작품은 이야기의 흥미보다 남북공동제작이라는 점에서 주목을 받았습니다. 북한의 4 · 26아동촬영소가 원화와 동화 100%를 제작했습니다.[3]

감독 넬슨 신(신능균, 1939~)은 재미교포로서 황해도 평산이 고향입니다. 그는 동양인 최초로 할리우드 애니메이터가 된 입지적 인물로, 직접 북한을 오가며 영화를 제작했습니다. 이 작품은 완성도 되기 전에 2003년 프랑스 안시페스티벌 프로젝트 경쟁부문 특별상, 2004년 일본 히로시마 국제애니메이션 페스티벌 초청, 2005년 캐나다 오타와 애니메이션 페스티벌 본선 진출 등 세계적인 주목을 받았습니다. 2007년에는 서울국제만화애니메이션 페스티벌(SICAF) 장편부분 대상을 수상했습니다.

심청 이야기가 교훈성을 강하게 내포하더라도, '애니메이션'이라는 장르로 탈바꿈할 때는 흥미와 변형이 이루어집니다. 애니메이션 <왕후심청>은 전통적이고 다소 무거울 수 있는 주제를 어떻게 시각적 이미지로 구현해 내고 있을까요. 이 글에서는 서사학의 측면에서 애니메이션 <왕후심청>의[4] 이야기 구성력을 살펴보려 합니다.

---

3   최초 남북합작 문화콘텐츠는 남측의 하나로통신과 북측의 삼천리총회사가 공동제작한 3D애니메이션 '게으른 고양이 딩가'(2001)입니다. 이후 남측의 하나로통신, 아이코닉스, 오콘, EBS와 북측의 삼천리총회사는 5분짜리 52편의 3D애니메이션 시리즈인 '뽀롱뽀롱 뽀로로'(2002, 초기작품 일부)를 공동제작했습니다. '뽀로로'는 남북합작 애니메이션으로는 최초로 공중파 방송인 EBS를 통해 방영됐으며, 2004년에는 프랑스 최대 국영방송 상니 TF1에 수출되었습니다. 서명훈, 「남북 문화콘텐츠 경협차원 교류를」, 『세계일보』, 2005.8.29.

2. 비주얼 리터러시

애니메이션 <왕후심청>을 살펴보기 앞서, 애니메이션의 특성을 살펴 보겠습니다. 애니메이션의 어원(語原)은 라틴어 Anima로 생명, 영혼, 정 신을 가리킵니다. 움직이지 않는 사물에다 생명을 불어넣어 움직임을 준다는 뜻입니다. 애니메이션의 기본 요소가 선(線)이라는 점을 염두에 둘 때, 애니메이션은 동화(動畵)라는 의미에 가깝습니다.[5] 움직임에 주목 하여 애니메이션은 다음과 같이 정의할 수 있습니다.

애니메이션은 움직이는 그림의 예술이 아니라 그려진 움직임의 예술이

---

4   이 작품에 대한 논의로는 다음과 같은 글이 있습니다.
　　신선자, 「남북 합작 극장용 장편 애니메이션 '왕후심청'」, 『디지털 콘텐츠』, 한국데이터 베이스진흥센터, 2003, 126-129면.
　　김용범, 「고전소설 <심청전>과의 대비를 통해 본 애니메이션 <왕후심청> 내러티브 분 석」, 『한국언어문화』 27, 2005.6, 373-399면.
　　장석용, 「넬슨 신 제작 감독의 애니메이션 「왕후심청(Empress Chung)」 글로벌 브랜드로 등극한 우리 고전의 완벽한 현대판」, 『공연과 리뷰』 50, 현대미학사, 2005, 202-206면.
　　심치열, 「고전소설을 수용한 장편 애니메이션—<왕후심청> 스크립터를 중심으로」, 『고 소설연구』 23, 한국고소설학회, 2007.6, 207-236면.
　　노제윤, 「고전소설 「심청전」의 애니메이션 「왕후심청」으로의 변용에 관한 고찰」, 『한국 학 연구』 35, 고려대학교 한국학연구소, 2010, 237-273면.
　　조홍매, 「애니메이션 동화(왕후심청)의 재생산의 의미: 신재효본 <심청가>와의 비교를 통하여」, 『인문논총』 20, 학술저널, 2010, 166-197면.
　　심수경, 「문화콘텐츠를 통한 민족동질성회복에의 가능성 모색—트랜스미디어로서의 남 북 합작 애니메이션 『왕후심청』과 일본 애니메이션의 사례를 중심으로」, 『일본문화학 보』 80, 한국일본문화학회, 2019, 405-424면.
5   황선길, 「애니메이션의 기원」, 『애니메이션영화사』, 범우사, 1998, 20면 참조.

다. 각 프레임 사이에 무엇이 발생했는가 보다 각각의 프레임상에 무엇이 존재하느냐가 중요하다. 그러므로 애니메이션은 프레임들 사이의 속임수로 눈에 보이지 않는 틈새를 교묘하게 조작하는 예술이다.[6]

움직임의 미학이라 할 수 있는 애니메이션의 이해를 위해서는 비주얼 리터러시(visual literacy)가 요구됩니다. 일반적으로 리터러시(literacy)는 문자를 읽고 쓸 수 있는 능력, 교양이나 학식을 의미합니다. 흔히 리터러시는 리터럴 리터러시(literal literacy)를 지칭하지만, 이에 못지않게 시각적 기호를 다채롭게 해석하고 이해할 수 있는 비주얼 리터러시(visual literacy)도 중요합니다. 영화가 그러하듯 애니메이션 역시 장면의 간격, 시간의 압축, 장소나 시점의 이동, 다채로운 내러티브 등을 통해 관객들에게 능동적인 참여를 요구하기 때문입니다. 훌륭한 책의 저자가 독자들에게 능동적으로 참여할 수 있는 상상력의 틈을 제공하듯, 노련한 감독들은 관객들이 참여할 수 있는 상상력의 여지를 남겨둡니다. 문자에 비해 시각적 이미지가 해독이 쉬운 것만은 아닙니다. 시각적 이미지의 주제와 내용을 이해하기 위해서는 문화적이고 역사적인 컨텍스트적 지식이 필요하기 때문입니다.[7]

2005년 8월 극장에서 상영된 애니메이션 <왕후심청>은 장편 애니메이션입니다. 장편 애니메이션의 경우, 단편에 비해 제작에 더욱 주의를

---

6   모린 퍼니스, 한창완 외 옮김, 『움직임의 미학』, 한울 아카데미, 2001, 18면.

7   존 A. 워커 · 사라 채플린, 임산 옮김, 『비주얼 컬처』, 루비박스, 2004, 205-234면 참조.

기울여야 합니다. 복잡한 기술, 재능, 경험이 있더라도 이야기의 구성력을 무시할 수 없습니다. 극영화에 비해 애니메이션의 이야기 줄거리는 매우 빨리 진행됩니다. 보통 극영화에서 상식적으로 다루어지는 상투적인 이야기의 줄거리는 애니메이션에서는 전혀 어울리지 않습니다. 지금까지 만들어진 다수의 애니메이션은 일반 대중이 잘 알고 있는 전설, 판타지, 동화, 민화에 의존한 것으로 관객에게는 이미 너무나 익숙한 이야기입니다. 익숙한 이야기임에도 관객들의 시선을 모을 수 있었던 것은 기존의 이야기가 가지고 있지 않은 새로운 요소를 가지고 있었기 때문입니다.

동일한 이야기를 애니메이션으로 제작할 때는 아주 새로운 방법으로 재현되어야만 관객들의 시선을 끌 수 있습니다.[8] 애니메이션의 내러티브는 신화적인 이야기들을 근간으로 하되, 그 기본 틀 위에 다른 수다한 이야기 텍스트로부터 추출된 요소를 뼈대로 구성하고 여기에 다양한 극적 소재를 살로 붙여 이루어집니다.[9]

두 캐릭터들 간의 물리적 대결만으로도 관객의 시선을 붙잡아 놓을 수 있는 단편과 달리, 장편 애니메이션에서는 클라이맥스 부분에서 최고조에 달하는 극적인 분위기와 계속적인 진전을 비롯한 이야기의 구성력이 매우 긴요하게 요구됩니다. 가장 성공적인 형태는 좋아하는 캐릭터들

---

8 존 할라스·로저 맨벨, 이일범 옮김, 「애니메이션의 종류—장편 애니메이션」, 『애니메이션의 이론과 실재』, 신아사, 2000, 170-174면 참조.

9 조대현, 「문화융합매체로서 애니메이션 특성에 관한 연구」, 『일본애니메이션의 분석과 비판』, 한울아카데미, 1999, 16면.

에게 생명을 부여하면서, 대중에게 잘 알려지고 보기에도 좋은 옛날이야기와 민간설화를 전혀 새로운 형태로 재창조하는 것입니다. 애니메이션 장르는 '어떤 이야기나 주제가 실사 영화로 적절하고 명확하게 작품화될 수 있다면 애니메이션으로 제작해서는 안 된다'는 비교적 단순하면서도 분명한 지침이 있습니다. 애니메이션은 어느 정도 현실이 끝나는 지점에서 시작되어야 하고, 그 최선의 자원은 이 세상의 바깥, 즉 판타지와 상상의 세계인 것입니다.[10]

그럼 장편 애니메이션이 갖추어야 할 이야기의 구성력에 주목하여, 애니메이션 <왕후심청>이 거둔 성과와 의의를 분석해 보겠습니다. 이 글에서는 이야기의 주체가 되는 '주인공의 형상화 방식', '판타지를 실현하는 작중 공간의 특수성'에 초점을 맞춰 이 작품이 지닌 이야기의 구성력을 살펴보겠습니다.

3. 영웅성의 강화, 보편성의 상실

애니메이션으로 각색된 <왕후심청>은 원본과 많은 차이를 보입니다. 가장 두드러진 것은 인물의 구성과 성격입니다. 이 작품에서 주인공 심청의 두드러진 특성은 '영웅성'으로 요약할 수 있습니다. 작중에서 심청

---

10 존 할라스, 황선길·박현근 옮김, 「1장 매체—장편 애니메이션의 발전」, 『세계 애니메이션 삭가와 삭품』, 범우사, 2002, 31-38면 참조.

이의 영웅성은 다양한 형태로 나타납니다. 심청의 영웅성을 형성하는 구성요인은 다음과 같습니다.

첫째, 심청의 신분이 상승되었다는 점입니다. 심청의 아버지는 문과 무를 겸비한 조선시대 훌륭한 선비입니다. 그는 사욕에 앞서 나라와 임금을 생각하는 충신입니다. 난세를 만나 그는 다양한 불행을 맞이하게 됩니다. 아내를 잃어야 했으며, 독화살을 맞아 시력을 잃습니다. '봉사'가 된 것도 충신으로서 자신의 소신을 지켰기 때문입니다. 그러므로 그에게 있어서 '봉사'라는 타이틀은 '장애'이기도 하지만 '훈장'이기도 합니다. 아버지 심학구는 지조와 격조를 지닌 은둔자인 만큼, 그의 딸 심청은 일가의 몰살 위기에도 굴하지 않고 지조를 지킨 위인(偉人)의 후예로 등장합니다.

전래의 이야기에서 심청이 보잘것없는 평민의 딸이었던 데 비해, 애니메이션 <왕후심청>에서 심청은 아버지로부터 문(한문학적 소양)무의 소양을 두루 갖춘 교양인입니다. 전해져 내려오는 옛 이야기의 각 판본에서 심봉사는 '빈민'에서 '양반'으로 변했다고 합니다. 판소리에서는 19세기 중반에 심봉사의 신분상승이 이루어져 '누대 잠영지족'으로 바뀌었으며, 그러한 개작의 중앙에 신재효본이 놓여 있습니다. 신재효본의 전반부에는 심봉사의 삶이 양반의 품격을 유지하지만, 후반에는 천민의 기질을 그대로 드러내는 분열하는 모습을 보여주고 있습니다.[11]

둘째, 주인공 심청이의 주체성이 강화되었습니다. 전래 이야기에서

---

11 유영대, 『심청전연구』, 문학아카데미, 1989, 182-185면 참조.

심청은 아버지의 이야기를 듣고 아버지의 뜻을 실행하지만, 애니메이션 <왕후심청>에서는 자발적으로 자신의 의지를 실현하는 인물로 등장합니다. 그녀는 아버지와 다른 사람의 권고로 자신의 진로를 선택하는 것이 아니라, 스스로 진로를 선택합니다. 공양미 삼백석에 팔려가는 것도 자신이 얻은 정보에 스스로 충실하게 대처한 것입니다. 부모님에 대한 효를 일생의 과업으로 아는 것은 원본과 다를 바 없지만, 심청은 전대와 다른 주체적 인물로 등장합니다. 그녀는 주변에 동요되거나 끌려가지 않는 개인의식을 가지고 있습니다.

그녀는 주체적인 삶을 살되, 자신이 가장 우위에 둔 가치관을 삶의 기준으로 선택합니다. 장승상댁의 수양딸 제의에도 아랑곳없이 그녀는 공양미 삼백석을 위해 불철주야 일하며 품삯을 모읍니다. 그녀가 선택한 최고의 가치관은 효행(孝行)입니다. 유교적 가치관을 실현하지만, 부모에 종속된 자녀가 아니라 부모와 동등한 위치에서 사고하고 행동한다는 점에서, <왕후심청>에 나타난 심청은 분명 현대적인 캐릭터입니다.

셋째, 다양한 보조 캐릭터가 주인공 심청의 비범함을 표출해하는 데 기여합니다. 애니메이션 <왕후심청>에서 다양한 보조 캐릭터는 '사람'과 '동물'로 나눌 수 있습니다. 우선 보조 인물을 소개하면 다음과 같습니다. 작중에는 주인공 심청의 출중함을 드러내기 위해 그녀와 비슷한 또래의 인물, 글방도련님과 어린 악동들이 등장합니다. 심청이 골목길을 지나자, 글방도련님들은 안 보는 채 흘깃흘깃 심청에게 눈길을 주면서 그녀의 빼어난 용모에 넋을 잃습니다.

어린 악동늘은 심청이의 갈 길을 막습니다. 심청이는 악동들의 대열을 뛰어넘어 도도하게 제 갈 길을 갑니다. 이외 작중에는 뺑덕어미의 아들, 뺑덕이가 등장합니다. 행실이 바르고 이지적인 심청에 비해 뺑덕은 남의 것을 훔쳐 먹으며 어리숙하고 모자란 인물로 등장합니다. 보조 인물들은 주인공 심청의 출중함을 부각시키는 데 있어서 효과적일 뿐 아니라, 작중 이야기에 흥미를 더해 줍니다.

보조 캐릭터로 등장하는 동물들은 주인공이 위기에 직면할 때 '천우신조'를 실현하는 매개자의 기능을 합니다. 고소설에서 위기에 직면한 주인공에게 '천우신조'를 실현하는 보조자가 등장하는 것과 같이, 작중 동물 캐릭터 삽살개 '단추', 거위 '가희', 거북이 '터벅이'는 천우신조를 실현하는 적절한 매개자 역할을 수행합니다. 단추는 심청이가 어린 시절 연못에 빠졌을 때 구해주었으며, 심학구가 개울에 빠졌을 때도 구해줍니다. 터벅이는 심청이가 바다에 몸을 던졌을 때, 그녀를 괴수 인당수에게 데려가려는 문어와 대적해서 싸웁니다. 수세에 몰린 터벅이는 소라를 불어서 바다 물고기들의 원조를 받아 인당수를 물리칩니다.

가희는 청이를 직접적으로 돕지는 않지만, 사건을 만들고 복선을 던지는 역할을 합니다. 가희는 심학구의 길잡이 노릇을 하려다가 오히려 그를 물에 빠뜨리고 맙니다. 심학구가 길을 가던 몽은사 스님의 도움을 받기 위해 물에 빠져야 한다면, 그러한 사건을 가희가 자연스럽게 유도하고 있습니다. 훗날 심청이를 찾아 한양을 가던 중, 가희는 낭떠러지에 떨어지지만 물에 빠지지 않고 비행에 성공합니다. 위기에서 오히려 비상의 계기를 마련한 '가희'를 통해 심학구와 심청의 앞날에 놓인 행복한 결말을 예감할 수 있습니다. 이러한 동물 캐릭터는 주인공 심청과 어려움을 함께 할 뿐 아니라 사건과 사건을 유기적으로 결합시키면서 친숙하고 편안한 결말을 유도해 나갑니다.

애니메이션 <왕후심청>은 주인공 심청의 '영웅성'을 통해 전래 이야기와 구별되는 독자적인 심청 이야기를 만들어냈다는 점에서 높이 평가할 만합니다. 반면, 전래 이야기가 지닌 매력과 보편적 가치를 없애버렸다는 한계도 가지고 있습니다. 주인공의 영웅성은 작중 히로인(heroin)의 가치를 돋보이게 해 주는 강점을 가지고 있지만, 원본이 지닌 가치의 훼손도 피할 수 없습니다. 전래의 설화와 동화에 등장하는 심청은 일반 '서민'으로서, 비범한 충신의 외동딸이라는 출중한 신분을 타고 나지 않았습니다. 이러한 사실은 심청이가 행하는 효행(孝行)의 가치에 또 다른 의미를 부여하기 때문에 유심히 보아야 할 부분입니다. 태생부터 남다른 팔방미인이 구현해 내는 효행과 비루하거나 보편적인 평민의 딸이 구현해 내는 효행(孝行)은 출발점부터 차이가 나기 때문입니다. 전자의 경우 효행은 주인공이 지닌 비범성의 범주에 속하는 반면, 후자의 경우 그것은 누구나가 행할 수 있는 보편적인 모럴을 의미하기 때문입니다.

그러므로 전대의 설화에서 효행을 실행하는 소박하고 보잘것없는 소녀의 효행담은 지위 고하에 관계없이 누구나 수행해 낼 수 있는 보편적 미덕으로 수용되었으며, 그 결과 시공을 초월하여 모든 이들에게 회자될 수 있었습니다. 훗날 심청이 '왕후'가 된다는 것은 효행에 대한 하늘의 보은(報恩)입니다. 특정한 신분의 비범성으로 말미암아 '황후'로 등극하는 것이 아니라, 그녀가 수행해낸 자기희생적 효행(孝行)에 대한 최상의 보훈(報勳)이었습니다

이에 비해 애니메이션 <왕후심청>은 심청에게 도래한 '왕후'라는 미덕이 출중한 가문과 비범한 능력을 가진 사람에게 주어질 수 있는 당연한 보상이라는 사실을 도출해 냅니다. 전래의 심청 이야기에서 '왕후'는 태생에서부터 정해진 것이 아니라 본인의 노력여부에 따라 도달할 수 있는 최상의 입지였습니다. 보잘것없는 평민이 공부를 하거나 세상에 두드러진 행각을 벌이는 것이 아니라, 가장 가까이에 있는 어버이에게 효행(孝行)을 다하는 것만으로 얻어질 수 있는 지위가 '왕후'라는 사실을 간과해서는 안 됩니다.

이러한 한계는 작중 주인공 심청과 보조 캐릭터 간의 수직적인 관계 설정에서도 두드러지게 나타납니다. 심청의 비범성을 강조하다 보니, 작중에서 심청은 다양한 보조 캐릭터와 대등한 관계를 유지하지 않으며 오히려 월등하고 우수한 존재로 도드라져 있습니다. 그 결과 심청과 보조 캐릭터 간에 의미있는 사건이 개입할 여지가 없어집니다. 마을에 있는 글방도령들과 어린 악동들에게 심청은 그저 바라보고 동경만 할 수 있는 대상에 그칩니다. 심청은 마을에 있는 또래의 인물들과 더불어 동일한 감수성을 공유하기보다, 오히려 마을에 있는 나이든 아주머니들과 한담을 나누며 그들과 소통할 수 있는 조숙함을 보입니다. 작중에서 심청은 14세 소녀의 감수성과 보편적 일상을 보여주지 않음으로써 리얼리티를 상실합니다. 그 결과 애니메이션 <왕후심청>은 서민의 보편적인 바람을 구현해 내는 설화의 미덕을 훼손하고 맙니다.

14세 소녀의 리얼리티 상실은 작중 인물간의 관계 설정 외, 심청의 두드러진 외모에서도 지적되어야 할 부분입니다. 빨간 저고리에 옥색 치마를 입고 잘록한 허리와 엉덩이가 돋보이는 팔등신 심청은 효행(孝行)이라는 작품의 주제와도 맞지 않으며, 지나치게 섹슈얼리티가 강조되어 있어 오히려 리얼리티를 삭감시킵니다. 장편 애니메이션이라는 점을 감안한다면, 작중 캐릭터의 이미지는 잠깐의 눈요기(시각적 이미지)가 아니라 새롭고 흥미있는 사건의 진행을 통해 창출되어야 할 것입니다.

4. 통로의 의의, 판타지의 한계

판타지 애니메이션은 보편적으로 모험 모티프를 가지고 있습니다. 애니메이션 <왕후심청>에서 모험 모티프가 구현되는 공간은 바다입니다. 판타지 애니메이션에서 주인공의 모험은 주인공이 일상에서 경험하지 못한 다양한 일을 체험하게 되며, 관객은 애니메이션을 통해 이를 추체험 합니다.

각종 서사물에서 '모험'은 주인공의 내면을 성숙하게 일깨우는 각성의 계기를 마련합니다. 이때 일상에서 벗어나 신비의 세계로 진입하는 모험의 과정에는 '통로'가 있습니다. 아동 서사물에서 판타지는 '통로'를 설정함으로써 일상 세계와 유리되지 않고 이어져 있는 '신비한 세계'를 만들어 냅니다. 현대의 공상 이야기에 설정되어 있는 '통로'는 '신비한 세계'와 '일상 세계'를 명확하게 분할하고 있습니다. '통로'는 일상적 세계와 신의 질서를 이어주기도 합니다.

지난날 신든이 짓서는 '통로'를 필요토 하시 않았습니다. 신들의 질서가 인간에게 있었기 때문입니다. 세계는 '통로'에 의해 분할되어 있지 않았고, 일상적 세계는 그대로 '신비한 세계'였습니다. '통로'는 '통과하는 길'로서 주인공이 두 세계를 왕복할 수 있도록 합니다. 주인공은 '신비한 세계'를 통해 인간의 새로운 가능성을 타진해 볼 수 있습니다. '신비한 세계'는 일상적 세계를 초월한 다른 세계로서 일상의 문제를 극복할 수 있는 가능성 타진의 공간입니다. '이질적인 세계에서 현실로'라는 왕복운동, 이 반복의 즐거움이 '통로'에 의해 가능하게 됩니다.[12]

애니메이션 <왕후심청>에서 신비한 세계와 일상의 세계를 이어주는 통로는 '바다'와 '연꽃'입니다. 심청 이야기에서 '바다'는 죽음의 그림자를 두려워하지 않는 신의 세계로 가기 위한 통로입니다. 바다 속에는 용왕을 비롯하여 용궁이라는 신비한 세계가 있습니다. 바다 속 용왕은 심청의 효행을 높이 평가하고, 땅위로 거듭나서 왕후가 될 수 있도록 심청을 인도합니다. '바다'라는 공간은 전래 이야기는 물론 애니메이션에서도 의미 있는 공간으로 설정되어 있습니다. 심청 이야기는 의붓어멈 뺑덕어멈을 비롯하여 눈먼 아버지에 대한 효행을 다루면서 가족소설의 형태를 띠고 있으므로 자칫 평면적일 수 있지만, 심청이가 바다 인당수에 빠지면서 이야기는 역동적인 입체성을 지니게 됩니다. 애니메이션은 '바다'라는 공간을 입체적으로 활용하고 있습니다.

이때 바다의 성격을 역동적으로 구현해내는 캐릭터는 괴물 '인당수'입니다. 바다에 사는 괴수로 인해 바다는 다중적인 '성격'을 갖습니다.

---

12 우에노 료, 햇살과 나무꾼 옮김, 『현대 어린이문학』, 사계절, 2003, 65-111면 참조.

그 곳은 고통과 평화가 공존하는 곳입니다. 괴물은 인고(忍苦)를 요구하고, 물고기들은 평화를 갈구합니다. 외견상 바다는 고통과 시련의 바다지만, 실재 바다는 고통너머 환희와 재생을 준비하는 공간입니다. 그 곳은 '소녀'를 '여인'으로 탈바꿈(성장)시키는 공간입니다. 통과의례(입사식) 실현의 장이라는 점에서, '바다'는 심청이가 단순히 '효(孝)'를 실행한 '효녀 심청'이 아니라 성숙한 여성의 풍모를 실현하는 '왕후(王侯) 심청'으로 성장할 수 있도록 하는 성숙의 공간입니다.

애니메이션 <왕후심청>에서 바다 이외, 통로의 적극적인 기능을 수행하는 것은 '연꽃'입니다. 연꽃은 바다에 빠진 심청을 용궁으로 실어가고 다시금 땅위로 돌아가도록 운반해 주면서, 바다의 긍정성을 실현하는 적극적인 통로입니다. 통로로서 '연꽃'은 심청에게 부재한 모성성을 상징하며 제2의 탄생을 준비하는 어머니의 자궁입니다. 바다 속 용왕은 단지 지시를 내릴 뿐이며, 심청을 감싸고 그녀를 새 삶의 현장으로 안내하는 것은 연꽃입니다.

애니메이션 <왕후심청>의 초입부에서부터 중간 중간 '연꽃'은 작중 배경으로 나타납니다. 집안에 이는 불길을 피해 연못에 띄워진 심청의 옆에는 연꽃이 피어있습니다. 몽은사 절에도 연꽃이 얼핏 보이며, 임금이 사는 궁궐에도 연꽃이 피어있습니다. 작중 다양한 연꽃 중에서, 가장 큰 꽃 속에서 심청이 나타나 세자(왕자)를 만납니다. 작중에서 바다가 양수의 기능을 하고 있다면, 연꽃은 자궁의 기능을 하고 있습니다. 물과 연꽃의 도움으로 그녀는 또 다른 왕후의 삶을 살게 됩니다.

'통로'로서 바다와 연꽃에 대해 깊이 이해하기 위해서는 작중 '불'과

'불' 이미지를 살펴볼 필요가 있습니다. 애니메이션 <왕후심청>은 '물'과 더불어 '불'의 신화적 이미지를 효과적으로 보여주고 있습니다. 전대의 이야기에는 연꽃과 더불어 눈먼 아버지가 빠진 시냇물, 바다, 연못 등 '물' 이미지만이 부각되어 있습니다. 반면, 애니메이션 <왕후심청>에는 물이 있는 곳에 '불'도 함께 나타납니다. 애니메이션 <왕후심청>에서 '불'은 응징의 수단입니다. 작중에서 '불'은 사람들이 조작하는 '불'과 하늘이 내리는 '불', 두 가지 형태로 나타납니다. 양자 모두 응징의 성격을 띠고 있습니다. 전자의 경우는 사람이 다른 사람을 응징하기 위한 수단이 되고 있으며, 후자의 경우는 하늘이 괴물을 응징하기 위한 수단이 되고 있습니다.

주인공 심청은 성장과정에서 두 차례 불을 체험하게 됩니다. 태어난 지 얼마 되지 않은 심청은 불구덩이가 된 집에서 불을 체험합니다. 심학구를 모함한 간신들은 일가를 몰살하기 위해 자객을 보내고 그 집을 불태웁니다. 심학구의 집은 불길에 휩싸입니다. 불화살이 날아와, 불길에 휩싸인 집은 오래지 않아 내려앉습니다. 심학구의 처와 집에 남아 있던 사람은 불길에 휩싸여 죽습니다. 불길을 피해 유모는 포대기에 싼 심청을 연못 가운데 띄우게 됩니다. 연못에는 연꽃과 연잎이 있고, 포대기에 싼 심청은 그들 사이에 놓여 있습니다. 이때 심청은 익수(溺水)의 경험을 겪지만 그로 인해 불구덩이에서 살아남을 수 있었습니다. 포대기와 함께 가라앉은 심청은 삽살개 단추의 도움으로 물 밖으로 나옵니다.

성장한 심청은 또 한 차례 불을 경험합니다. 14세 심청이 공양미 삼백 석을 마련하기 위해 인당수의 산 제물이 되어 바다에 빠집니다. 청이를 삼키려는 괴수와 심청을 구하려는 바다 물고기들 간의 격돌 중에, 바다 괴수 인당수는 하늘에서 내려친 번개에 맞아 죽습니다. 번개를 맞은 인당수는 일순 불을 뿜으며 다 타들어 가고, 재만 남아 바다에 빠집니다. 바다라고 하는 큰 물 가운데, 불을 내뿜으며 인당수가 죽습니다. 이때 심청은 바다 속, 물의 보살핌 속에 있습니다.

'불'이 응징의 수단이라면 '물'은 구원의 수단이 됨을 알 수 있습니다. 작중에서 작열하는 '불길'의 한 가운데에는 반드시 '물'이 있습니다. 이 작품에서 불과 더불어 나타난 물은 구원의 길을 보여줍니다. 온 집안이 불구덩이가 되었을 때 심학구, 심청, 삽살개 단추 모두가 목숨을 건질 수 있었던 것도 그들이 '물(연못)'에 들어가 있었기 때문입니다. 이외 괴수 인당수가 불길에 휩싸여 죽은 '바다'야 말로, 심청에게는 구원과 재생의 공간이 됩니다. 격랑, 천둥 번개, 불길 한가운데 놓인 '물'은 주인공 심청에게 재활과 재생을 위한 안식처가 됩니다. 심청 이야기에서 심청은 위기의 순간 불의 위협을 받지만 그와 더불어 물의 안식을 얻습니다. 연꽃이 물의 보호를 받으며 물에 의해 떠받침을 받는다는 점을 고려한다면, 작중에서 긍정적인 물은 심청이 새롭게 재생하는 양수의 역할을 함을 알 수 있습니다.

심청의 성장과 재생이 물에 기반을 두고 있는 것처럼, 아버지 심학구의 인생 반전도 물에서 시작됩니다. 시냇물을 건너기 위해 다리를 건너는 심학구는 다리에서 떨어져 물속에서 허우적거립니다. 심학구가 물속에서 위기를 겪음으로 인해 몽은사 스님의 구원을 받을 수 있었던 것입니다. 공양미 삼백석의 시주들 비롯하여 개안에 이르기까지 눈을 뜨게 되는 서사의 시초가 그 물속에서부터 시작되고 있었던 셈입니다. '연꽃' 이미지는 불과 물 이미지의 중층적 효과를 구현하고 있습니다. 연꽃의 '보이지 않는 부분'과 '보이는 부분'은 각각 '물'과 '불'의 이미지에 해당합니다. 더러움과 오물의 세계를 기반으로 하여 지극한 선(善)의 세계가 생성됩니다. 심청의 재생과 해피엔딩의 구도는 선과 악의 교차, 그 한가운데 피어나는 인고(忍苦)의 결실입니다.

애니메이션 <왕후심청>에서 '바다'는 괴수 인당수와 더불어 다중성을 보여주는 데는 어느 정도 효과를 거두고 있지만, 판타지 애니메이션에서 볼 수 있는 작중 주인공의 역동적인 모험은 찾아볼 수 없습니다. 보조 캐릭터 거북이 터벅이가 심청을 지키기 위해 위험을 무릅쓰고 자신의 소임을 다한 데 비해, 바다 속 심청에게는 모험이라 할 만한 일이 없습니다. 바다에 몸을 던진 후부터 시종일관 눈을 감고 잠든 듯 있는 심청은 피동적인 인물로서 다른 모험서사의 인물이 보여주는 입체성을 상실하고 있습니다.

땅위에서 눈먼 아버지를 위해 몸을 팔겠다고 스스로 결의를 다지던 심청의 주체적인 면모는 온데간데 없어지고 말았습니다. 바다 속에서 심청은 괴수 인당수를 보지도 못했을 뿐 아니라, 바다에서 벌어진 사투의 일말도 알지 못합니다. 바다 속에서 심청은 스스로 괴수와 맞대면하지 않고 시종일관 잠들어 있었습니다. 심청은 용궁에서 깨어났으므로 그녀가 기억하는 바다는 고요하고 평화로운 용궁입니다. 용궁에서도 심청의 일상은 단조로우며 소극적입니다. 깨어난 후 심청은 아버지를 그리워하는 일 이외 아무것도 하지 않습니다.

바다 속에서 심청은 수동적입니다. 아버지의 눈을 뜨게 하기 위해 공양미 삼 백석을 바치겠노라고 다짐하던 적극적인 모습은 찾아 볼 수 없습니다. 바다에 뛰어든 이후 바다 속에서 심청은 주어진 환경에 순응할 뿐, 특정한 성격을 보이지 않습니다. 훗날 연꽃에 쌓여 궁궐에 들어간 심청이 혼례와 더불어 왕후가 된다는 점을 고려한다면, '소녀'에서 '여인'으로 거듭나는 과정에 특별한 계기가 없음을 알 수 있습니다. 전시대, '왕후'는 여성으로서 얻을 수 있는 최고의 위치입니다. 최고의 위치에 도달하는 데 있어서 필요한 효성(孝誠)의 가치에는 동의하지만 땅위에서와 마찬가지로 바다에서도 자신의 의지를 실현해 나가는 적극적인 모험의 여정을 찾아볼 수 없다는 한계를 보입니다. 결국 여성은 어버이를 위해 살신성인할 수 있을 정도의 효성을 지니는 것이, 왕후에 버금가는 여성으로서 최고의 가치라는 전대 사회 유교적 이데올로기의 구현에 그치고 말았습니다.

2000년대 각색된 애니메이션이라면 오늘날의 가치관이 어느 정도 반영되어야 할 것입니다. 어버이에 대한 효행만으로 인간의 성숙을 가늠하던 전대의 가치관과 달리, 개인의 성장과 타자에 대한 이해 등 인간의 성장 요인을 보여주는 구체적인 사건과 계기가 없다는 점이 아쉽습니다. 이야기의 구체성을 확보하기 위해서는 바다라는 공간을 십분 활용하여 작중 주인공 심청이 이전과 다른 성숙한 내면을 가지게 되는 과정을 조금 더 구체적으로 묘사해야 할 텐데 말입니다.

5. 대중성과 구체성

애니메이션의 가장 큰 특징은 '대중성'입니다. 애니메이션은 소수의 특정 대상을 위해 만들어진 것이 아닙니다. 애니메이션은 만화라는 장르와도 구별될 필요가 있습니다. 만화는 이야기 따위를 간결하고 익살스럽게 그린 그림에서부터 특정한 이야기를 그림으로 표현한 스토리를 총칭합니다. '만화'라는 양식은 문자가 아닌 그림으로 해독이 가능하기 때문에, 다른 장르보다 강한 흡인력으로 독자들의 시선을 모읍니다.

애니메이션은 만화의 장점을 가진 매우 대중적인 장르입니다. 그것은 어린 아이까지 이해시킬 수 있도록 쉽게 표현되고 있으며, 어린 아이까지 흥미의 세계로 유도할 있도록 대중적인 재미를 가지고 있습니다. 그러므로 애니메이션은 어린이를 대상으로 하기보다 어린이에 이르기까지 다양한 관객 모두의 눈높이에 맞춘 대중적인 장르라는 것입니다. 대다수 극장용 애니메이션이 단순히 '어린 아이'가 아니라 '가족'을 마케팅의 대상으로 삼고 있다는 것이 이를 반증합니다.

<왕후심청>은 애니메이션의 대중성을 만족시키고 있을까요. 새로운 이야기가 아니라 기존에 잘 알려진 전래동화를 애니메이션으로 만드는 일은 생각보다 쉬운 일이 아닙니다. 자칫 누구나 다 아는 이야기를 진부하게 펼쳐놓은 것에 그칠 우려가 있기 때문입니다. <왕후심청>은 이러한 진부함을 없애기 위해 각색을 통해 다양한 이야기를 삽입시켰습니다. 그 결과 <왕후심청>은 전래 이야기에 없는 심청 아버지의 과거를 비롯하여 바다 괴물 인당수가 출현하고 새로운 캐릭터 뺑덕과 동물들이 등장

합니다. 심청의 아버지가 충신으로 등장하는 반면, 그를 궁지에 몰아넣는 인물들은 간신으로 등장합니다.

바다 속의 인당수가 마땅히 죽어야 할 괴수로 등장하는 반면, 바다 속 용궁의 물고기들은 선량한 시민으로 등장합니다. 뺑덕이 모자라고 게으른 인물로 묘사되고 있는 반면, 청이는 똑똑하고 부지런한 인물로 묘사되고 있습니다. 청이의 집에 살고 있는 개 단추, 거북이 터벅이, 거위 가희는 당연히 선량한 청이의 선한 의지를 실현시키는 보조자로 등장합니다. 작중 새롭게 등장하는 다양한 캐릭터들은 이야기의 역동성을 가미한 미덕도 있지만, 이야기를 도식적으로 만든 단점도 있습니다. 그것은 캐릭터들이 작중에서 자신의 성격을 충분히 살려내지 못했다는 데서 원인을 찾을 수 있습니다.

결과적으로 각색한 애니메이션 <왕후심청>은 기존의 이야기에 새로운 장면을 추가하긴 했지만, 스토리 라인을 도식적으로 만들고 말았습니다. 악(惡)에 대항하는 선(善)의 일방적인 승리로 이어지는 것입니다. 대다수 애니메이션이 악에 대항하는 선(善)의 승리를 보여주지만, 그것은 궁극적인 귀결점에 불과합니다. 스토리의 초점은 선(善)을 실현하는 다양한 방법에 맞추어져야 합니다. 다시 말해 이야기는 '무엇'을 지향하느냐의 문제가 아니라, '어떻게' 실현해 나갈 수 있는가의 문제에 초점이 맞추어져야 합니다. '눈먼 아버지를 위해 공양미 삼백석에 자신의 몸을 던진다'는 효(孝)의 구현은 높이 살만한 우리의 전통이지만, 흥미있는 이야기라면 이것을 실행하는 방법을 좀 더 구체적이고 효과적으로 보여줄 수 있어야 합니다.

그러기 위해서는 주인공 심청을 '비범한 교양인'에 초점을 맞추어서는 안 되며, 소녀 심청이라는 '보편적인 인간'에 초점을 맞추었어야 했습니다. 14세의 보편적인 소녀가 인간으로서 경험하고 느끼는 바를 좀 더 성실하게 조명할 필요가 있습니다. 비범한 인물이 아니라 보편적인 인간이 어떠한 우여곡절을 겪으면서 자신이 하고 싶은 일에 선행하여, 자신이 해야 하는 일을 수행해 나갈 수 있는가를 보여주어야 했습니다.

애니메이션 <왕후심청>에는 14세 소녀가 겪을 수 있는 사춘기적 감수성, 14세 소녀가 겪을 수 있는 모성에 대한 결핍과 그리움, 14세 궁핍한 소녀가 겪을 수 있는 피로하고 지친 삶에 대한 묘사가 전무합니다. 심청은 출생부터 비범합니다. 심청은 충신의 딸로 태어났으며, 수려한 이목구비와 아울러 한문학적 소양도 갖추고 있습니다. 비록 장애를 가진 홀아버지를 봉양하며 생계를 책임지지만, 그것은 전혀 그녀의 걱정거리가 못 됩니다. 남의 집 일을 하며 품삯을 받지만 생활에 지장을 받지 않습니다. 예의 바르고 미소 가득한 얼굴에 그늘이라고는 찾아볼 수 없습니다. 그 결과 애니메이션의 서사는 도식적인 구성에 도식적인 전개과정과 도식적인 결말을 초래하고 말았습니다.

더군다나 애니메이션 <왕후심청>에는 전대의 이데올로기 효(孝)는 물론 충(忠)이라고 하는 무거운 이데올로기가 한꺼번에 구현되고 있습니다. 가정에서 어버이에 대한 효(孝)가 국가를 대상으로 할 때는 임금에 대한 충(忠)의 형태로 구현된다는 것을 감안한다면, 애니메이션 <왕후심청>은 관객들에게 더욱 직접적으로 유교적 이데올로기와 맞대면하도록 만들었습니다. 작중 심청과 뺑덕어멈 캐릭터가 지닌 육감적인 몸매와 맞지 않게 <왕후심청>은 전대의 이데올로기로부터 자유롭지도 않으며, 새로운 구성을 가지고 있지 않습니다. 오히려 전대의 인과응보(因果應報)의 윤리를 실현하는 단조로운 구성에 그치고 말았습니다.

6. 전통의 해석과 창조

이 장에서는 인물의 구성과 성격, 그리고 작중 배경이 거둔 효과를 중심으로 애니메이션 <왕후심청>을 살펴보았습니다. 이러한 분석은 애니메이션 <왕후심청>의 의의 뿐 아니라 애니메이션으로 제작되는 전래동화의 방향과 시사점을 제공해 줄 수 있습니다.

장편 애니메이션 영화는 어린이와 성인에 대한 가공할 만한 시장으로 성장했으며, 장편 애니메이션의 주요 시장이 극장용 영화라는 사실을 감안한다면, 애니메이션 심청 이야기는 대중적인 가족의 눈높이를 겨냥하여 전래 이야기와 구별되는 신선함을 가지고 있어야 합니다. 대중이 알고 있는 이야기 이외, 새롭게 상상할 수 있는 여지를 관객들에게 제공할 수 있어야 합니다. 무엇보다도 주인공 심청의 입체성과 역동성을 살리기 위해서는 심청의 내면을 보여줄 수 있는 다양한 에피소드가 첨가되어야 할 것입니다.

애니메이션 <왕후심청>은 땅에서의 서사가 끝나는 지점에서 이어지는 판타지의 세계를 풍성하게 보여주지 못한 아쉬움이 있습니다. 바다 속 용궁 세계에서 심청은 전래의 이야기에서 보여주지 못했던 다양한 모험과 탐색의 시간을 충분히 가질 수 있었을 텐데도 말입니다. 예컨대 땅위 현실과 달리 바다 속 세계에 대한 다채로운 모습을 보여주었다면, 그리고 바다 괴물 인당수를 등장시키는 데만 그치지 않고 인당수와 지혜로운 주인공 심청의 대결을 흥미 있게 보여주었다면, 바다 속의 세계가 훨씬 역동적이고 흥미 있었을 것입니다. 소녀에서 성숙한 여인으로 거듭나는 심청의 내면 변화를 구체적으로 보여줄 수 있는 흥미로운 바다 속 사건의 부재가 아쉽습니다.

탄탄한 서사력과 더불어 애니메이션에서 주의해야 할 것은 음악입니다. 애니메이션을 보는 것은 문자를 읽는 행위를 포함하지 않지만, 언어적이고 음악적인 표현의 노출을 필요로 합니다. 애니메이션에서 음악은 움직임을 표현합니다. 음악은 캐릭터의 움직임을 비롯하여 이야기의 굴곡을 표현해주는 감각적인 기호이기 때문입니다.[13]

애니메이션의 사운드 트랙은 ① 음향과 영상의 리드미컬한 조화, ② 만화 캐릭터에 개성을 부여, ③ 대사와 내레이션, ④ 음향효과, ⑤ 청각과 시각의 조화, ⑥ 음악 작품, ⑦ 이 모든 것의 총체적 조합 등과 같은 효과를 발휘합니다. 시청자가 청각적 메시지를 20%로 기억한다면 시각적 메시지는 30% 기억하며, 시각과 청각이 성공적으로 결합하면 기억되는 정도는 70%까지도 올라갑니다. 음악은 작중 분위기를 유도하고 영화의 역동성을 도와야 합니다.[14]

---

13 존 A. 워커 · 사라 채플린, 임산 옮김, 「비주얼 리터러시와 비주얼 시학」, 『비주얼 컬처』, 루비박스, 2004, 205-234면 참조.

애니메이션은 시각과 더불어 청각의 적절한 대비가 필요합니다. 애니메이션 <왕후심청>의 음악은 작중 주제와 어울리는 전통 악기와 선율을 보여 주지만,[15] 역동적이고 현대적인 캐릭터를 설명하기에 진부한 감이 없지 않습니다. 피아노와 같은 가볍고 경쾌한 음률의 악기, 그리고 조금 더 빠른 템포의 음악이 오히려 작중 심청을 발랄하고 건강하게 보여줄 수 있습니다.

애니메이션 <왕후심청>은 심청의 현대적 재현에 일정 부분 성공했지만 한계도 있습니다. 전통 계승의 측면에서 심청이가 살던 시대의 전통과 문화적 감수성은 제대로 복원해 내었다고 볼 수 없습니다. 물론 '시장 풍경'을 비롯하여 장승상의 '고희 잔치' 장면이 등장하긴 하지만 삽화 수준에 그칩니다. 서사의 전개과정에서 사건 연결이 매우 직접적이므로 관객에게 좀 더 많은 상상력의 여지를 남겨주지 않은 아쉬움도 남습니다. 전대의 인물과 정서를 살리는 작업은 대중문화 산업으로서 다양한 각도의 모색이 필요합니다.

관객의 정서를 무시하고 전통을 복원하는 것이 아니라 관객의 정서와 시대 추이를 반영하되 고전을 재해석해야 합니다. 다양한 방면에서 새롭게 이루어지는 각색은 그 자체로 또 하나의 전통문화 계승과 창조라

---

14 존 할라스, 한창완 옮김, 『유럽 애니메이션 이야기』, 한울, 1999, 129-131면 참조.

15 "왕후심청의 OST, 즉 Original Sound Track인데요. 북한의 '영화 및 방송음악단' 소속의 인기 작곡가 성동환씨가 작곡하고 김윤미씨가 불렀습니다. 영화 및 방송음악단은 연주자가 120명, 합창단원이 80명이나 되는 대규모 음악단입니다." (이장균, 「남북 합작 '왕후심청' 남북 동시상영 추진」, 『자유아시아방송』, 2005.7.6.)

할 수 있습니다. 전래 이야기에서 '심청'은 우리 문화를 대변하는 개성적이고 전통적인 캐릭터입니다. 앞으로도 더욱 다채로운 애니메이션 심청이야기를 통해 전통적인 캐릭터 '심청'이 개성적이고 입체적인 인물로거듭날 수 있기를 기대해 봅니다.

구원의 주체로서 가족, 신화의 실현

영화 〈미나리〉(2020)

1. 구원에 대한 소망

고난이 닥쳤을 때 어떻게 해결하나요. 그것이 쉽게 해결되지도 않으며 오랫동안 감당해야 할 때 어떻게 해야 할까요. 가족은 종교보다 더 가까이, 더 직접적으로 일상의 고난을 해결할 수 있는 버팀목과 치유책을 제시해 줍니다. 정이삭(1978~) 감독은 <미나리>(2020, A24, 미국)에서 우리 시대에 구원의 가능성을 가족에서 찾고 있습니다.

이 작품은 로널드 윌슨 레이건(1981~1989)시대 미국을 배경으로 한국 이민자의 삶을 보여줍니다. 이민(移民, Immigration)은 보다 자유롭고 보다 광활한 환경에서 기회를 찾으려는 욕망의 실현입니다.[1] 이 작품은

---

1 이푸 투안, 구동회 · 심승희 옮김, 『공간과 장소』, 대윤, 1995, 95면. 이푸 투안은 인본주의 지리학자로서 『토포필리아Topophilia: A Study of Environmental Perception. Attitudes, and Values』(Columbia University Press, 1974)와 『공간과 장소Space and Place: the

1980년대 한국의 미국 이민자의 정착기를 보여줍니다.[2]

작중 이민자 가족은 이주와 정착 과정에서 고초와 난관을 감내하면서 아메리카 토포필리아(topophilia)를 구현해 나갑니다. 후술하겠지만 토포필리아는 장소에 대한 애틋한 교감을 명명하며, 공간(space)을 애착이 깃든 장소(place)로 변모시킵니다. 동아시아 유교문화권의 전통적인 가족 질서는 토포필리아를 구현해 옮기는 구심점으로 작용합니다.

작중 제이콥(Jacob, 히브리어Ya'ăqōb 구약성경의 야콥)은 한 가정의 가장(家長)으로 남편이자 아버지의 역할을 포함하여 가족 공동체의 수장(首長) 역할을 수행합니다. 기독교에서 하느님의 부르심과 소명을 실현한다는 의미 외, 유교 가부장제(家父長制) 사회에서 가장(家長)으로 가족 공동체의 질서를 만들고 유지해 나갑니다.

유교의 규범체계는 가족적 인간관계의 규범을 기준으로 하고, 이를 확산시켜 더욱 넓은 사회 속에서 전개해 나가도록 이끌어 왔습니다. 공동체의 유대를 강화함으로써 공동체 전체와 구성원 개인 간에 조화와 균형을 이루는 것을 최대 목표로 삼고 있습니다.[3] 가장(家長)은 제사를

---

perspective of experience』(University of Minnesota Press 1977)를 집필하여 인간을 둘러싼 환경에 대한 다학제적 접근을 선보였습니다.

2 코리안 디아스포라는 개항이후 크게 4시기로 구분됩니다. 제1기는 1860~1910년대 구한 말 농민과 노동자들이 기근과 압정을 피해 국경을 넘어 중국, 러시아, 하와이로 이주한 시기, 제2기는 1910-1945년 일제 통치 시기 토지와 생산수단을 빼앗긴 농민과 노동자들이 만주와 일본으로 이주한 시기, 제3기는 1945-1962년 한국전쟁전후 전쟁고아, 미군결혼 여성, 혼혈아, 입양아, 유학 등의 목적으로 미국과 캐나다로 이주한 시기, 제4기는 1962년부터 현재에 이르기까지 정착을 목적으로 이민한 시기로 나뉩니다. 윤인진, 『코리안 디아스포라』, 고려대학교출판부, 2005, 8-10면.

주관하고, 가족 부양과 교육을 책임지며, 가족들의 도덕상, 법률상, 생활상의 제 권리와 임무를 대행했으며 가족의 혼인을 주관하고 다른 가문의 사람들과 교섭을 전담했습니다.[4] 그러므로 일가(一家)의 정착 과정은 가장의 수행과정과 일치하며, 가장의 역할 수행은 종교(신)의 권위가 축소된 시대에 가족을 통한 구원의 가능성을 시사하고 있다는 점에서 '가족 신화'를 실현해 보입니다.

유교는 사회규범 내지는 윤리 도덕으로서 예교성(禮敎性) 외에도 종교성(宗敎性)을 지니고 있습니다. 유교문화권 사람들은 지금 이 현실을 언제나 가족과 함께 어떻게 살아갈 것인가를 열심히 생각하고 행동하는 생활인입니다. 그들은 자신의 운명을 가족이라는 공동체와 동일시합니다. 오늘날 유교문화권 사람들에게 유교의 종교성은 마음 깊숙한 곳에 살아 있다는 점에서, 현대를 '유교의 내면화' 시대로 파악합니다.[5] 작중 가장의 내면에도 동북아시아 유교문화권의 예교성과 종교성이 내면화 되어있는데, 그는 이주 과정 내내 가족 공동체의 운명을 관장하며 가족과 어떻게 살아갈 것인가를 생각하고 행동하는 생활인입니다.

작중 공간은 "농장-부화장-농장-시내(아칸소)-농장(밭/시냇가)-교회-시내(병원, 식료품)-농장"의 추이를 보입니다. 인문지리학자 이푸 투안(Yi-Fu Tuan)

---

3   금장태, 『유교의 사상과 의례』, 예문서관, 2000, 193-195면 참조.

4   정지영, 「조선시대 가장(家長) 지위의 구축과정과 국가─<조선왕조실록>의 가장 관련 기사를 중심으로」, 『한국고전여성문학연구』, 한국고전여성문학회, 2013, 135-136면.

5   加地伸行, 김태준 옮김, 「유교와 현대─현대의 유교」, 『유교란 무엇인가』, 지영사, 1996, 197-201면.

은 사람이 장소 또는 배경과 맺는 정서적 유대를 토포필리아(topophilia)라 명명했거니와[6] 영화는 제이콥 일가가 편입하려는 장소에 대한 애틋한 교감의 실현과정을 보여줍니다.

이푸 투안은 '공간(space)'이 인간과 관계 형성이 되지 않은 곳이라면, 그곳에 인간이 시간을 들여 의미를 부여하면 '장소(place)'가 되는 것으로 양자를 구분합니다.[7] 공간이 장소로 재편되는 과정에 주체화와 영토화가 이루어집니다. 제이콥이 트랙터로 녹색 땅을 일구기 전의 아칸소는 물리적 공간에 그칩니다. 반면 제이콥이 아칸소의 녹지에 한국 야채와 농작물을 심는 순간 그곳은 장소가 됩니다.

장소와 인간의 관계는 인간다운 삶을 가능하게 하는 근본구조이며 어떤 면에서 인간의 정체성을 결정합니다.[8] 인간의 정체성이 장소와 결부되는 경로는 언제나 장소 안에 '자리하는' 세계와 우리의 연결이 갖는 근본 성격을 보여줍니다.[9] 인간은 장소 안에서 능동적인 개입의 콘텍스

---

6   이푸 투안, 이옥진 옮김, 『토포필리아: 환경지각, 태도, 가치의 연구』, 에코 리브르, 2011, 21면.

7   공간과 장소에 대한 개념구분은 이푸 투안의 『공간과 장소』(대윤, 1995)의 '제1장 서론' (15-22면)과 에드워드 랄프의 『장소와 장소상실Place and placelessness』(논형, 2014)의 '1장 장소와 지리학의 현상학적인 기초'와 '2장 공간과 장소'에 상세히 제시되어 있습니다. 서영채의 『풍경이 온다―공간 장소 운명애』(나무나무 출판사, 2019)의 '6장 장소의 정치'(273-324면)에도 한국작품을 예시로 개념이 제시되어 있습니다.

8   제프 말파스, 김지혜 옮김, 『장소와 경험』, 에코리브르, 2014, 26면. 에드워드 랄프도 "인간답다는 것은 의미 있는 장소로 가득한 세상에서 산다는 것이다. 인간답다는 말은 곧 자신의 장소를 가지고 있으며 잘 알고 있다는 뜻이다." '장소'를 "인간이 세계를 경험하는 심오하고도 복잡한 측면"으로 보았습니다. 에드워드 랄프, 김덕현 · 김현주 · 심승희 옮김, 『장소와 장소상실Place and placelessness』, 논형, 2014, 25면.

트에서만 생각하고 기억하고 경험하는 피조물입니다.[10]

자신을 인식한다는 것은 또 다른 면에서는 장소를 인식하는 것이기도 합니다. 장소의 의미 파악은 자아의 파악, 타자들의 상호주관적 영역의 파악 외, 세계 자체를 파악하는 데도 중요합니다. 이해와 지식의 가능성 자체가 위치되어 있음(locatedness), 장소에 놓여 있음(embeddedness)에 있기 때문입니다. '안다는 것'은 한 사람이 특정 지역 안에 위치하는 문제입니다. 누군가의 '지식'은 그 안에서 그리고 그것을 통해 한 사람의 삶이 확립되고 규정되는 영역입니다.[11]

정이삭 감독은 미국 이민 2세대로서 어린 시절 기억을 떠올려 부모님의 이야기를 시나리오로 만들고 영화로 연출했습니다.[12] 감독은 이 작품을 통해 자신의 기원을 탐구하고, 그들이 일군 삶의 터전에서 무엇을 이루었으며 그것이 어떤 가치를 지니고 있는지 제시하고 있습니다. 영화는 표면적인 스토리텔링 외 화면의 배치, 카메라 앵글의 구도, 편집 등을 통해 역동적인 방식으로 주제를 구현합니다. 미장센에 나타난 배치, 장

---

9 위의 책, 28면.

10 위의 책, 240면.

11 위의 책, 246면.

12 정감독의 아버지 정한길씨는 한국에서 건국대학교 축산과에 다니다 아메리칸 드림을 꿈꾸고 갓 결혼한 아내와 함께 단돈 200달러를 들고 1975년에 미국에 왔습니다. 아내는 무남독녀 외동딸이었습니다. 영화에서 배우 윤여정씨가 순자로 분했던 장모 이명순 여사는 6.25 전쟁 당시 동국대학교에 재학 중이던 남편 고(故) 김현태씨가 학도병으로 전쟁에 나갔다가 전사하면서 전쟁 미망인으로 당시 임신 중이었던 딸 하나를 홀로 키웠습니다. 이하린, 「콜로라도 출신 정이삭 감독의 영화 <미나리>」, 『중앙일보』, 2021.4.26.

면과 장면의 연결 등에서 관객은 인물의 정서와 조우하고 작품이 자아내는 정동(情動)에 젖어듭니다.

이 글에서는 작중 가장(家長)의 역할 수행과정을 분석함으로써 가족 신화의 실현과정을 살펴보고, 감독이 제시한 주제가 오늘날 이 시점에서 어떠한 시사점을 던지는지 살펴보려 합니다. 결론부터 말하자면, 이 작품은 1980년대 아메리카 드림(America Dream)의 실제뿐 아니라 현존하는 삶에서 우리 스스로 구원에 이르는 방식을 시사해 주고 있습니다.

2. 아메리카 토포필리아(Topophilia)

이 작품의 두드러진 성과는 이주민이 정착 과정에서 환경과 애틋한 정서적 관계를 만들어가는 과정을 영상에 담았다는 점입니다. 이주민은 이질적인 '공간(space)'을 '장소(place)'로 가꾸어나갑니다. 아칸소의 낯선 공간을 경험과 기억을 통해 장소로 만들며 장소애(場所愛)를 쌓아나갑니다.

영화는 제이콥 일가(一家)가 아칸소 들판을 달리는 것으로 시작합니다. 제이콥이 선두에 이삿짐을 실은 트럭을 몰고, 아내 모니카는 아이들을 태우고 승용차로 뒤따릅니다. 그들은 미국에 이민 온 지 10년이 지났으며, 그간 캘리포니아 시애틀의 부화장에서 병아리 성별을 구분하는 감별사로 일했습니다. 제이콥은 농장을 일구겠다는 꿈을 안고 아내, 딸(앤 10세), 아들(데이빗 7세)을 데리고 아칸소로 이주합니다. 영화는 아메리카 드림(America Dream)의 실현과정에서 아메리카 장소애(場所愛)가 만들어지는 추이를 보여줍니다.

남편은 허허벌판의 '트레일러(trailer)' 앞에서 멈춥니다. 그는 트레일러를 주거공간으로 만들었으며, 벌판을 농장으로 가꾸려는 꿈을 실현하려 합니다. 제이콥은 50에이커의 대농장을 꿈꾸었습니다. '트레일러'는 지속되는 삶의 간이역으로 유목적인 삶을 표상합니다. 그들은 한국에 존재하지 않는 것과 마찬가지로, 미국에도 정주하지 못했습니다. 유동적으로 이동할 수 있는 모빌리티(mobility)는 어디에도 편입되기 어려운 이주민의 정체성을 시사합니다.

트레일러는 온전한 주택의 기능을 감당하는 데 한계가 있으며 무엇보다 자연재해로부터 안전하지 못했습니다. 토네이도가 왔을 때에는 트레일러 안의 전기가 나가는 등 일가를 공포로 몰고 갔습니다. 다행히 태풍은 경보에서 주의보로 바뀌었으나 아내는 참았던 울분을 터뜨렸습니다. 트레일러는 외부로부터 보호받을 수 없는 위험성이라는 장소성(Sence of Place)을 표상합니다. 제이콥은 안정(stability)과 안전(secutity)을 유보한 채 그들이 존재감을 실현할 수 있는 장소를 만들기 위해 일종의 모험을 감행한 것입니다.

그들은 미국에서 이주를 거듭했으며, 가장(家長)인 제이콥은 미국 대륙에 건실하게 뿌리 내리기 위해 농장주를 꿈꿉니다. 농장은 제이콥 일가가 미국에 정주할 수 있는 터전입니다. 아칸소에 온 후에도 제이콥은 모니카와 부화장에 나가곤했습니다.[13] 아이들도 학교 대신 부모와 함께

---

13 아칸소는 미국 남부의 수도서 아칸소수 내륙 지역의 대략 5분의 2가 농장지대입니다.

[사진1] 아칸소 농장가는 길

[사진2] 트레일러

부화장으로 갔습니다. 아내는 자녀들을 돌볼 수 없다는 자괴감으로 마음이 편치 않았습니다. 아들 데이빗은 심장병을 앓고 있었으므로 누군가의 손길이 절실했습니다. 제이콥은 가족에 대한 책임감과 자존감으로 이른 아침 시간부터 늦은 밤까지 농장을 가꾸는데 전력을 다합니다. 부화장에서 일하며 생산할 수 있는 삶과 그렇지 못한 삶의 냉혹한 차이를 뼈저리게 인지했던 것입니다. 생산능력이 없는 병아리가 화장당하듯이, 후자의 경우 가차 없이 나락으로 떨어질 수 있습니다.

제이콥이 미국 대륙에 농장을 일구고 농장주가 될 때, 뿌린 씨가 뿌리를 내리고 열매를 맺어 미국 시민의 식탁에 올려 질 때, 그는 미국이라는 물리적 공간에서 시민으로서 기반과 입지를 다지게 됩니다. 낯선 '공간'을 경작하고 배치함으로써, 영토화된 '장소'에서 그는 차별과 배제를 극복하고 자유를 만끽할 수 있습니다. 당장은 아이들이 학교에 다니지 못

닭은 대표적인 농산물로서 닭 사육에서 주도적인 주들 중의 하나이며, 달걀을 비롯한 육우, 돼지, 칠면조, 낙농 제품 등이 중요 축산물입니다. https://ko.wikipedia.org/wiki/ (2021.7.20)

하더라도 아빠는 성공과 경제적인 부를 실현하고 싶었습니다.

작품 제목에서 짐작할 수 있듯이 감독은 농장에 비중을 두기보다 할머니가 한국에서 가져온 '미나리'에 주목합니다. 벌판을 농장으로 일구는 장소의 실현은 누구든지 할 수 있으나, 농장과 미나리가 서식하는 장소는 또 다른 의미를 내포하고 있습니다. 미나리가 서식하는 냇가는 장소의 안전성과 더불어 '자유'의 의미를 내포하기 때문입니다. 인간의 삶은 보금자리와 모험, 애착과 자유 사이의 변증법적 운동입니다.[14] 감독은 장소에 대한 배려와 관심만이 아니라 장소애를 넘어서는 자유를 구현하려 했거니와 그것은 새로운 것이라기보다 기존에 있는 이질적인 대상과 대상 간의 배치와 결합을 통해 창출됩니다.

[사진3] 저녁식사 풍경1

[사진4] 저녁식사 풍경2

배치와 결합은 제이콥 일가가 만든 장소에 70대 한국 할머니의 경험이 더해지면서 시작됩니다. 작중 할머니 순자는 두 가지 측면에서 영향을 미칩니다. 첫 번째 사건은 제이콥과 모니카 두 사람이

[사진5] 저녁식사 풍경3

---

14 이푸 투안, 구동회·심승희 옮김, 『공간과 장소』, 대윤, 1995, 94면.

열렬하게 사랑했던 과거를 복기시켜 준 것입니다. 저녁 시간, 순자는 한국에서 가져온 비디오테이프를 켜서 한국 대중가요를 들려 줍니다 "사랑해 당신을... 정말로 사랑해" 손주들에게 한국에 있을 때 엄마와 아빠가 즐겨 부르던 노래라고 말해줍니다. 텔레비전에 재생되는 노래는 제이콥과 모니카의 수평적 관계 외에도 부모와 자녀 간 수직적 관계에 정서적 유대를 긴밀하게 다져줍니다. 그들은 잊고 있었던 한국문화를 함께 향유하면서 가족이라는 공동체의 평안을 누립니다. 감독은 저녁시간 가족들의 식사풍경, 텔레비전의 음악이 거실을 메우는 풍경, 나아가 밤하늘의 달과 가로등이 밤을 안온하게 밝히는 풍경을 차례대로 카메라에 담아냅니다. 감독은 가족에 깃든 평화가 잔잔하게 세상 바깥으로 스며드는 모습을 보여주었던 것입니다.

두 번째 사건은 한국인의 자생적인 생명력을 환기시킨 것 입니다. 순자는 데이빗이 발목을 다치자 상처를 치료해 주고 함께 숲으로 갑니다. 데이빗은 할머니와 숲으로 가면서 자신이 심장병을 앓고 있다는 것, 다리를 다쳤다는 것을 잊어버립니다. 할머니와 손주가 다다른 곳은 시냇가 입니다.

"미나리가 잘 자라네..."

"데이빗아, 너는 미국서 나서 미나리 먹어본 적 없지?"

"이게 미나리가 얼마나 좋은 건데. 미나리는 이렇게 잡초처럼 아무 데서나 막 자라니까 누구든지 다 뽑아먹을 수 있어. 부자든 가난한 사람이든 다 뽑아먹고 건강해질 수 있어. 미나리는 김치에도 넣어 먹고 찌개에도 넣어 먹고 국에도 넣어 먹고 미나리는 아플 땐 약도 되고 미나리는 원더풀 원더풀이란다."

할머니는 미나리가 지닌 건강한 생명력을 손주에게 들려줍니다. 할머니가 미나리를 설명해 주자, 데이빗이 "미나리 미나리 미나리 원더풀 원더풀 미나리"라고 즉흥적으로 노래를 지어서 흥얼거립니다. 할머니의 경험이 장소에 더해지면서 그곳은 특별한 공간으로 거듭납니다. 할머니의 설명에 의하면, 미나리는 장소를 가리지 않고 생장하므로 누구나가 다 먹을 수 있으며 식용과 약재로 두루 쓰입니다. 미나리는 아메리카 이주민으로서 제이콥 일가의 건강한 생명력을 표상합니다. 감독이 영화 제목을 '미나리'로 명명한 것도 농장보다 농장을 일구어나가는 주체의 가치에 주목한 것입니다.

[사진6] 할머니와 손주1

[사진7] 할머니와 손주2

할머니가 전달하는 자생적인 생명력은 다음과 같은 장면에서도 나타납니다. 모니카는 친정엄마에게 "잘못하면 심장이 멈출 수도 있대요"라며 아들에 대한 조바심을 보이자, 아들은 더 위축됩니다. 그날 밤, 데이빗은

[사진8] 할머니와 손주3

엄마가 기도하면 하늘나라를 볼 수 있다는 이야기를 하며 죽음에 대한 두려움을 보이자, 할머니는 다음과 같이 손주를 다독입니다.

> "오 마이 갓 오 마이 갓 노땡큐 천당 어?"
>
> "네가 왜 벌써 그런 걱정을 해?"
>
> "나 죽기 싫어요"
>
> "할머니가 너 죽게 안 놔줘. 누가! 감히 우리 손자를 무섭게 해. 누가 감히 우리 손자를 무섭게 해. 걱정 마. 할머니가 너 죽게 안 놔줘. 누가 감히 우리 손자를 무섭게 해. 자자 괜찮아. 천당 안 봐도 돼. 천당 안 봐도 돼. 미나리 미나리~ 원더풀~원더풀~ 미나리~ 원더풀~원더풀~미나리~미나리~"

순자는 국적 불명의 노래를 부르며 손주를 재웁니다. 그것은 기도문보다 강한 주술적 힘으로 손주를 구원합니다. 불치병을 앓고 있는 손주에게 죽음의 두려움을 몰아내고 마음의 평안을 줍니다. 하늘에 있는 천당 대신 일상의 평화를 주는 것입니다. 일상에서 이루어지는 구원은 양자가 함께 소통하고 신뢰하는 데서 힘을 얻고 실현됩니다.

순자의 노래와 손길은 아칸소 벌판의 트레일러를 한 편의 풍경으로 만듭니다. 그 힘은 '공간'을 '장소'로 만드는 것을 넘어서서 헤테로토피아(heterotopia)를 형성합니다. 주어진 공간에서 발현되지만 그 공간을 넘어서서 다른 가치를 실현합니다.[15] '미국적인 것' 혹은 '한국적인 것'이라는 단일(singular) 장소(place)를 넘나들면서, 누구나가 자유를 구가할 수 있는 공간(space)의 자율성을 부여합니다.

미셸 푸코의 헤테로토피아는 일종의 반-배치(contre-emplacements)이자 문화 내에서 발견할 수 있는 모든 다른 실제 배치들이 동시에 재현되고 반론되며 전도된 일종의 유토피아입니다. 그것은 규율과 질서를 넘어선 배치로서 일반적인 배치와 배리되는 것입니다. 어디든 그곳이 될 수 있으나, 기존과 다른 가치를 발휘하는 곳입니다. 한국 할머니의 경험은 미국 선진문화의 규율과 배리되지만 새로운 유토피아를 제공합니다.

미국의 농장에서 할머니가 씨 뿌린 미나리는 헤테로토피아입니다. 그곳은 지금까지 미국에 존재하지 않았던 또 다른 유토피아로서 기실 우리 모두가 실현하고 싶어 하는 신화의 공간입니다. 자본, 종교, 재난을 초월하여 인간을 구원할 수 있는 가능성을 시사합니다. 그렇다면 미나리가 표상하는 삶의 자생력은 어디에서 온 것일까요. 삶에 대한 의지는 어디에서 나올까요. 이 작품은 그것을 가족의 연대와 소통에서 찾았으며, 이를 실현하는 주체적인 힘은 가장(家長)으로부터 옵니다.

3. 십자가의 자기수행

감독은 가장(家長)이 지닌 가족에 대한 책무를 영화의 중심축에 두고 사건을 전개해 나갑니다. 제이콥은 병아리 부화장에서도 가장 손이 빠른

---

15 미셸 푸코, 이상길 옮김, 『헤테로토피아』, 문학과시성사, 2020, 87면.

감별사였으며, 농장을 가꾸는 데에 전력을 다합니다. 그는 동양의 전통적인 가장(家長)의 역할을 수행합니다. 아내와 자녀의 삶에 행복과 빛을 드리우기 위해 헌신합니다.

데이빗을 돌볼 수 있도록 장모를 부르자는 아내의 제안을 수락합니다. 주일 오후면 제이콥은 트랙터를 몰았고, 아내와 아이들이 그의 트랙터를 따라갑니다. 모니카가 아이들을 위해 그네를 만들고 숲에서 그네를 태웁니다. 데이빗은 트랙터로 들판을 갈아 엎습니다. 녹색 융단에 트랙터를 몰고가는 제이콥의 얼굴에 웃음꽃이 피고, 트랙터가 지나간 자리에 흙들이 속살을 드러냅니다.

제이콥은 주말 저녁에 병아리 감별을 연습하는 아내를 보며, 아내의 외로움을 읽습니다. 아내가 교회에 나가고 싶어 하는 것을 알기에 교회에 나갈 것을 제안합니다. 막상 교회에 나가니 아내는 일요일에는 그냥 일하는 것이 낫겠다고 말합니다. 아내는 자신이 원하는 것을 교회에서 얻을 수 없었던 것입니다. 교회에서 집으로 돌아가는 길에, 그들은 폴(Paul)을 만납니다. 성경에 등장하는 바울의 영어식 이름에서 짐작할 수 있듯이 그는 기독교 신자입니다. 교회에 나가는 대신, 주말이면 자기 키 만 한 십자가를 메고 마을길을 순례합니다.

제이콥 일가가 그 모습을 당혹스럽게 바라보자, 그는 "오늘 주일이라.. 이 십자가가 내 교회요"라고 말합니다. 태워준다는 제안에, 그는 "아뇨. 난 이걸 마쳐야 해요"라고 말하며 묵묵히 걸어갑니다. 주일 오후 녹색 벌판을 배경으로, 자기 십자가를 지고 가는 폴과 교회를 다녀오는 제이콥 일가가 한 화면에 병치됩니다. 카메라의 구도는 제이콥과 폴을 클로

즈업함으로써 두 사람이 각각 감당해야 하는 십자가의 책무를 환기시킵니다.

폴은 이 작품에서 주목해야 할 인물입니다. 그는 미국인으로서 미국과 아칸소를 대표하기도 하지만, 1980년대 한국 이민자가 아니라 삶의 보편성을 사유하게 해 주는 인물이기 때문입니다. 교회에 나가는 대신 스스로 자기 십자가를 지고 순례의 길을 걷는 폴을 통해, 감독은 각자의 삶에 드리워진 십자가의 수행성을 일깨워 줍니다. 누구에게나 십자가가 있으며, 그것은 교회의 힘이 아니라 자기 힘으로 짊어져야 하는 것이라고 말입니다. 다시 말해, 자신이 감당할 수 있는 정도의 십자가가 우리 삶에 놓여 있으며 각자 그것을 지고 감으로써 스스로 구원에 이르는 것이라고 말입니다.

[사진9] 십자가1

[사진10] 십자가2

감독은 미국 농부 폴의 십자가와 한국 가장(家長) 제이콥의 십자가를 병치하고 있습니다. 십자가 순례 길에서, 한국 가장 제이콥이 가족과 연대하고 있다면 폴은 아칸소의 대지와 소통하고 있습니다. 폴은 아칸소에서 오랫동안 농사일을 했으며 제이콥 농장에서 그 일을 지

[사진11] 십자가3

속해 나갑니다.

제이콥은 스스로 땅을 파서 물길을 만들어 농작물을 재배합니다. 수맥 탐지사에게 돈을 주고 물길을 찾기보다 자기 힘으로 물길을 찾아 농작물에 물을 댔습니다. 수확을 앞두고 참깨, 고추, 피망, 가지 등 한국 야채가 말라가자 그의 속도 타들어 갑니다. 그가 판 우물에서 물이 더 이상 나오지 않았던 것입니다. 제이콥은 다시 땅을 팠지만 수로를 찾기 어려웠습니다. 고된 노동으로 밤늦게 집으로 돌아온 제이콥은 신음소리를 내며 옷 벗는 것도 어려워합니다. 아내는 남편의 옷을 벗겨주고 욕조 속에 있는 남편의 머리를 감겨줍니다. 아내가 돈이 많이 나간다고 걱정하자, 남편은 아내의 팔을 잡고 가장으로서 책임감을 보입니다.

"내가 책임질게"

"이런 촌구석에 데리고 온 것도 다 우리 가족을 위해서야"

"여기서도 잘 안될 때 그땐 당신 원하는 대로 해. 애들 데리고 떠나도 괜찮아"

남편은 아내 얼굴을 쳐다보지 않고 말합니다. 아내가 남편의 머리를 헹궈 줍니다. 머리를 감겨주는 아내의 행위는 예수가 발을 씻겨주는 세족례의 역할을 합니다. 아내의 부드러운 손길과 눈길을 통해 남편의 재생과 구원이 이루어집니다. 구원은 교회가 아니라 일상에서 가족을 통해 실현됩니다. 아내는 트레일러의 욕조 안에 있는 남편의 머리를 감기기 위해 바가지로 물을 붓습니다. 남편은 옷을 입은 채로 욕조에 앉아 아내의 손길을 기다립니다. 이것은 주말에 폴이 홀로 자신의 십자가를 지고 가는 행위와 대비됩니다. 폴은 홀로 구원을 찾지만, 제이콥과 모니카는 가족이라는 공동체 안에서 고난과 더불어 그것을 극복하는 부활을 기약합니다.

[사진12] 부부1

제이콥의 십자가는 영화의 말미에 뜻하지 않은 화재를 통해 최고조에 달하게 됩니다. 제이콥은 가족을 데리고 시내에 갔다가 집으로 돌아오는 길에 농작물 창고에서 연기와 불길이 치솟는 것을 발견합니다. 화염과 연기로 가득 찬 농작물 창고로 달려가 농작물 상자를 밖으로 꺼냅니다. 아내도 남편을 따라 창고로 들어가 농작물 상자를 밖으로 밀어

[사진13] 부부2

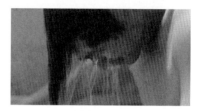

[사진14] 부부3

냅니다. 남편은 주위를 둘러보다가, 셔츠 자락으로 코와 입을 가리고 아내를 찾습니다. 남편은 쓰러져 있는 아내를 부축하여 밖으로 나옵니다. 그들은 풀밭에 주저앉습니다. 시뻘건 화염과 검은 연기가 하늘로 치솟습니다. 남편은 울음을 터뜨리는 아내를 안아줍니다.

제이콥 일가에게 재난은 예기치 않은 순간에 몰아닥쳤고 가족 모두가 공포와 상실감에 빠집니다. 감독은 화재라는 재난의 실제를 카메라에 담기보다 불길 속에서 남편이 아내를 찾고 아내가 남편을 찾는 모습에

[사진15] 농장창고 화재

[사진16] 부부의 포옹

초점을 맞춥니다. 창고가 불타오르는 순간, 카메라는 아내를 포옹하는 남편의 모습을 정면에 담아냅니다. 아내의 구원은 남편을 통해 이루어집니다. 가장으로서 제이콥은 자기 십자가를 지고 가면서 아내를 통해 구원을 얻었던 것이며, 아내 역시 남편을 통해 구원을 얻었던 것입니다.

4. 구원과 제의(祭儀)

작품 후반에 이르면 제이콥 일가(一家)는 아칸소 시내로 나갑니다. 아내는 친정엄마가 건네준 돈으로 아들 데이빗의 심장병 검진을 받으려는 것입니다. 남편은 농작물의 판로를 개척해야 한다는 비장한 각오로, 창고에서 농작물을 상자에 담아 정성스럽게 포장해서 들고 나옵니다. 40도가 웃도는 한여름, 농작물을 수확해서 창고에 저장했건만 판매처의 변심으로 농작물은 하루하루 메말라 갔습니다. 농장을 개간하고 농작물을 수확하기까지 가정용 수로를 끌어 쓰는가 하면 빚은 더 많이 늘어났으므로, 농작물의 판로 개척은 아버지와 남편으로서 자신의 책무와 역량을 드러낼 수 있는 마지막 기회였습니다.

도심의 도로 가에는 위압적인 형태의 현대식 건물과 교회 등이 우뚝 서 있습니다. 그는 왼손으로는 결혼반지를 돌리고 오른손으로는 운전대를 돌립니다. 결혼생활의 지속 여부를 결정짓는 중요한 상황을 목전에 둔 것입니다. 제이콥에게 농작물 상자는 아들 못지않게 중요했던 것입니다.

[사진17] 차안에서 보이는 시내 첨탑

[사진18] 차를 운전하는 가장의 긴장

병원에 도착해서도 그는 농작물 상자를 진료실까지 가지고 들어갑니다. 38도의 고온에 농작물 상태를 노심초사합니다. 아내는 남편에게 눈길조차 주지 않습니다. 진료를 마치고 그들은 결과를 기다립니다. 아이들은 복도에서 놀고, 아내는 말없이 아이들을 지켜봅니다. 남편이 먼저 말을 건넵니다.

"한국에서는 사는 게 너무 힘들었어. 결혼하면서 했던 말 기억나? 미국에 가서 서로를 구해주자고 했던거?"

[사진19] 병원 복도1-자녀와 부부

"기억해"

"서로를 구해주기는커녕 하도 많이 싸워서 애가 이렇게 태어난 건가?"

　　　제이콥이 아내에게 건넨 말에는 이 작품의 주제가 직접적으로 드러나 있습니다. 구원(救援)은 어려움이나 위험에 빠진 사람을 구해주는 것으로, 아메리카 드림(America Dereram)은 그들이 선택한 구원이었습니다. 1960년대 이후 한국은 경제발전, 도시화, 교육의 확대로 대도시 거주자가 급증했으며 대졸 학력의 전문직, 기술직, 관리직 등에 종사하는 중간계층이 빠르게 성장했습니다. 더 높은 신분 상승에 대한 기대와 달리, 한국의 경제적 교육적 기회는 제한되어 있었습니다. 그들은 기대와 현실 사이에 괴리를 맛보면서 그 대응책으로 미국 이민을 선택한 것입니다.[16]

　　그들에게는 미국이 개인이 성공하는 데 있어서 주된 장애물이 존재하지 않는 기회의 땅이라는 믿음이 있었습니다. 개인의 자유와 기회라는 개념은 당시 미국을 거시적인 관점에서 정의하는 요소였습니다.[17] 모국은 여지(room)가 부족했던 것입니다. 경제적으로는 충분한 일자리가 제공되지 않았으며 심리적으로는 행동에 대한 제약이 많았기 때문에, 기회

16　윤인진, 『코리안 디아스포라』, 고려대학교출판부, 2005, 211면 참조. 이러한 괴리의 한 예가 대졸 출신들의 높은 실업률입니다. 한국 경제의 미숙으로 인해 대졸 출신들이 자신들의 교육에 걸맞는 직업을 찾지 못했던 것이 1970년대의 큰 사회문제였습니다.

17　낸시 에이벨만·존 리, 이주윤 옮김, 『블루 드림즈』, 소명출판, 2020, 286-291면 참조.

와 자유를 찾아 덜 혼잡하고 덜 막힌 이민을 선택한 것입니다.[18] 그들은 고등(대학)교육을 받은 지성인으로서 자신의 가치와 포부를 실현할 수 있는 수단과 기회를 찾아 이를 실행에 옮긴 것입니다.

아칸소에 온 후로 빚이 더 늘어나자 아내는 빚을 갚기 위해 캘리포니아로 떠나려고 마음먹었습니다. 더 이상 빚이 늘지 않도록 농사를 그만두고 새로운 일자리를 찾아 떠나려는 것입니다. 아내는 망설임 끝에 남편에게 말을 건넵니다.

"지영아빠. 같이 가면 안돼? 나 당신 없인 안돼"

"떠나고 싶은 사람은 당신이야"

"우리 여기 있다간 망할 거야. 캘리포니아에 가서 우리 둘이 일하면 그 빚 다 갚을 수 있어."

"거기서 죽을 때까지 감별만 하게 될 거라고"

"애들을 위해서라도 한 번 더 생각해 볼 수 있잖아"

"애들도 한 번쯤 아빠가 뭔가 해내는 걸 봐야 될 거 아냐"

"뭘 위해서?"

"우리가 함께 있는 게 더 중요한 거 아냐?"

"당신은 가서 그냥 하고 싶은 걸 해.. 난 다 잃는 한이 있어도 여기서 내가 시작한 걸 끝내야겠어."

---

18 이푸 투안, 구동회·심승희 옮김, 『공간과 장소』, 대윤, 1995, 104면.

[사진20] 병원 복도2-남편과 아내

아내는 가족이 모두 함께 있어야 한다는 의지를 내보였으나, 남편은 혼자 남아서라도 자신이 시작한 일의 결실을 보려 합니다. 아내의 낙심과 상처는 커집니다. 의사는 데이빗이 상태가 나아져서 수술할 필요가 없어졌으며 점점 좋아지고 있다고 말합니다. 아칸소 물이 좋은 것 같으니, "지금 하고 있는 게 뭐든 그게 정답이니 그것을 하세요"라는 덕담을 건넵니다. 남편의 얼굴에 자신감이 감돕니다. 감독은 제이콥의 편에서 영화의 주제를 구현해 나갑니다. 가장(家長)의 권위가 실추되지 않도록 아버지의 꿈, 아내에 대한 남편의 애틋함을 놓치지 않고 보여주었던 것입니다.

병원을 나선 제이콥은 가족을 데리고 한국 식품공장에 가서 농작물 납품을 의뢰합니다. 캘리포니아에서 받는 농작물은 상태도 맛도 안 좋은데 비해, '미스터리농장'은 5시간밖에 안 걸리는 거리에서 신선도 높은 야채를 제공할 수 있다고 제안합니다. 한국 식품공장 주인은 제안을 수락하고 다음 주부터 납품받기로 했습니다. 남편은 쾌재를 부르나 아내의 얼굴은 망가집니다. 아내는 울분을 토합니다.

"당신 정말 몰라서 물어? 아까 병원에서도 당신 농장이랑 우리 중에 농장을 선택했어."

"지금은 상황이 다르잖아 어? 이제 다 잘됐잖아"

"상황이 좋으면 함께 사는 거고 아니면 헤어지는 거야?"

"그만 좀 하자 어? 이제부터 그냥 돈만 벌면 아무 문제 없이 살 수 있어"

[사진21] 부부의 갈등

"그러니까 당신 말은 우리는 서로를 구해주지는 못하지만 돈은 할 수 있다?"

"근데 지영 아빠, 지금은 괜찮지만 앞으로 내가 그렇게 살 자신이 없어. 우리가 어떻게 될지 불보듯 뻔한데 당신만 바라보면서

[사진22] 남편의 상심

버티기엔 내가 너무 지쳤어, 더 이상은 못하겠어."

(침묵)

"그래 됐다."

두 사람은 더 이상 대화를 이어나가지 않고 중단합니다. 아내가 먼저 발길을 차 안으로 옮깁니다. 두 사람의 첨예한 갈등은 더 큰 재난으로 말미암아 무화되고, 그들의 상처는 더 큰 재난으로 말미암아 희석됩니다. 제이콥 일가는 집으로 오는 길에 불길을 발견합니다. 순자는 쓰레기를 소각하려다가 화재를 일으킵니다. 불붙은 종이상자가 드럼통 밖으로 떨어지자 지팡이로 불을 끄려고 허둥대지만, 불은 번져 창고까지 화염에

휩싸입니다. 어두운 벌판을 배경으로 농장의 창고가 순식간에 불타고, 순자는 망연자실해 어쩔 줄 모릅니다.

농장 창고의 화재는 통과제의로서 새로운 시작을 알립니다. 통과의례는 가족의 결속력을 높이는 의식으로 승화됩니다. 예기치 못한 재난은 돈으로만 해결하기에 벅찬 일입니다. 아내의 지적처럼 그들을 구원할 수 있는 것은 가장 가까이에 있는 가족의 신뢰와 애정에 있기 때문입니다. 불꽃과 잿더미는 일종의 제의로서 이중적 의미를 지닙니다. 과거의 갈등과 상흔을 소각하는가 하면 새 삶의 시작과 창조를 알립니다. 제이콥 일가(一家)는 또 다른 곳으로 이동하지 않는 대신, 가족 구성원의 결속력과 응집력이 더욱 공고해집니다. 화재(火災)는 그들이 거둔 결실에 대한 번제(燔祭), 희생을 통해 그들이 도달한 구원에 숭고한 가치를 더한다는 점에서 일종의 제의(祭儀)가 됩니다.

5. 훈육(訓育)과 포용

유교 전통에서 가족 구성원들은 관계 안에서 역할을 수행하는 가운데 자기정체성을 형성해 나가고, 자신을 포함한 가족 질서를 이루어 나갑니다. 삼강오륜(三綱五倫)의 삼강(三綱)에서 부위자강(父爲子綱)은 '아버지는 아들의 법도가 되는 것'을, 부위부강(夫爲婦綱)은 '지아비는 지어미의 법도가 되어야 함'을 제시하고 있습니다. 오륜(五倫)에서 부자유친(父子有親)은 '아버지와 자식간의 친함'을, 부부유별(夫婦有別)은 '부부 사이의 구별'

을, 장유유서(長幼有序)는 '어른과 아
이 간의 차례와 질서'를 제시하고
있습니다. 가장(家長)은 제 관계와 질
서를 관리하고 통제하는 역할을 수
행합니다.

[사진23] 부화장의 연기

아버지의 훈육은 가족의 질서를 위해서는 필수 불가결합니다.[19] 아버
지 제이콥과 아들 데이빗의 관계를 살펴보겠습니다. 아버지는 자신이
하는 모든 일에 아들을 대동(帶同)하며 가르칩니다. 아칸소 정착 초기,
제이콥은 농장을 일구는 틈틈이 부화장에 출근하면서 자녀를 학교에 보
낼 수 없었기에 부화장으로 데리고 다녔습니다. 아버지는 자기 할당량을
빨리 끝내고 아들과 시간을 보냅니다. 아들이 부화장 굴뚝으로 피어오르
는 시커먼 연기의 출처를 묻자, 아버지는 수놈을 폐기하는 것이라고 말해
줍니다. 아들은 다시 질문합니다.

"폐기가 뭐예요?"

"숫놈은 맛이 없어. 알도 못 낳고 아무 쓸모없어. 그러니까 꼭 우리는
쓸모가 있어야 되는 거야 알았지"

데이빗은 농장을 일구기 위해 수원(水源)을 찾을 때도 아들을 데리고

---

19 한국계 미국인의 성공은 한국인들의 문화적 성향에서 비롯된 것으로, 노력과 교육의
강조와 강한 가족 유대의 유교 정신이 지적되곤 합니다. 낸시 에이벨만·존 리, 이주윤
옮김, 『블루 드림즈』, 소명출판, 2020, 273-274면 참조.

다닙니다. 수맥탐지사가 수원을 찾아 "깨끗한 우물 하나에 250불... 두개 300불"을 부르자, 아버지는 아들을 데리고 직접 수원을 찾습니다.

"데이빗, 한국 사람들은 머리를 써요"
"비가 오면 물은 낮은 곳으로 흐르지. 물이 많은 곳.. 나무들은 물을 좋아하니까"
집에서 쓰는 건 돈을 내야 하지만, "우리 농장은 필요한 걸 다 땅에서 얻어내면 돼"

[사진24] 아버지와 아들1

[사진25] 아버지와 아들2

아버지 제이콥의 훈육은 엄격했습니다. 한국에서 아이들을 돌보기 위해 할머니가 오자, 데이빗과 할머니 간에 충돌이 잦았습니다. 데이빗이 한국 냄새가 난다고 할머니를 기피하자, 아들을 엄하게 호통 칩니다. 데이빗이 할머니에게 오줌물을 먹게 하는 장난을 치자 엄중하게 벌을 내렸습니다. 손주가 벌을 서자, 할머니는 딸과 사위의 눈치를 보고 어쩔 줄 몰라 합니다. 할머니는 사태가 부부싸움으로 번지자, "내가 잘할게"라며 딸과 사위 눈치를 봅니다. 당시 흔한 한국 가정의 분위기입니다.

아버지가 회초리를 가져오라고 하자, 영악한 아들은 넘어지면서 회초리를 부러뜨리고 밖으로 나가 강아지풀을 가져옵니다. 3세대의 섞임은 타자와 상황에 대한 이해의 폭을 넓힙니다.

감독은 아버지와 아들의 유대와 결속을 원초적이며 근원적인 것으로 제시합니다. 아들이 집에서 서랍을 빼다가 발등을 다치는 순간, 아버지 제이콥은 부화장에서 병아리 감별 도중 상자를 떨어뜨리게 됩니다. 감독은 두 사건을 같은 시간에 일어나는 일로 병치시킴으로써, 아버지와 아들 간의 긴밀한 정서적 결속을 보여줍니다. 아버지 제이콥의 가치관은 딸 앤에게도 전달됩니다. 앤이 왜 미국 농작물을 재배하지 않느냐고 묻자, 매년 3만 명씩 미국으로 유입되는 한국 이민자를 상기시키며 아버지의 포부를 설명합니다.

[사진26] 거실의 가족

제이콥이 한국에 있는 장모를 미국에 오도록 결정한 것과 같이, 그는 미국에 온 장모의 가치관을 존중하고 수용합니다. 70대 한국 할머니는 가사노동에도 취약할 뿐 아니라 미국 사회에 적응력이 떨어진다는 점에서 제이콥에게는 또 하나의 부양가족이었습니다. 제이콥은

[사진27] 남편과 아내

[사진28] 제이콥이 있는 사진

장모의 경험을 수용하고 그녀의 과실을 포용합니다.

작품 말미에 할머니 순자의 부주의로 창고와 농작물이 모두 잿더미가 된 다음날 아침, 카메라는 순자의 시점으로 제이콥 일가의 모습을 담습니다. 홀로 깨어있는 순자가 젖은 눈으로 데이빗 가족를 바라보는데 그 중앙에는 항상 사위 제이콥이 위치해 있습니다.

순자의 시점으로 카메라는 트레일러 집의 거실에 다 같이 누워 쿠션을 베고 자는 가족의 모습이 잡힙니다. 거실에는 제이콥을 중심으로 아내 모니카, 그리고 앤과 데이빗이 누워 있습니다. 순자는 제이콥 일가가 거실에 누워 있는 모습에서, 다시 거실을 장식하고 있는 가족사진으로 시선을 옮깁니다. 한국에서 찍은 것으로 보이는 제이콥과 앤의 결혼사진, 미국에 온 후 제이콥을 사이에 두고 앤과 데이빗이 있는 사진, 제이콥과 모니카의 사진, 사진 모두의 중앙에는 가장(家長) '제이콥'이 자리를 지키고 있습니다. 감독은 제이콥 일가와 더불어 아름다운 자연의 풍광을 카메라에 담습니다. 거실 창으로 빛이 들어오고, 탁자에는 녹색 화분이 자라고 있습니다. 감독은 가족, 녹색화분, 그리고 빛이 하나로 어우러지는 풍경을 연속적으로 보여줍니다. 카메라가 담아내는 일련의 풍경은 일가(一家)의 '서사(敍事)'를 '서정(抒情)'으로 승화시킨다.

하늘을 주황빛으로 곱게 물들이며 아침이 밝아옵니다. 화재 다음날, 감독은 제이콥을 중심으로 두 가지 풍경을 보여줍니다. 아버지 제이콥은 할머니가 일군 장소에 아들 데이빗을 데리고 갑니다. 그들은 우거진 숲을 지나 미나리 밭으로 들어섭니다. "알아서 잘 자라네" 양동이를 내려놓습니다. "데이빗, 할머니가 좋은 자리를 찾으셨어" 제이콥이 미나리를 베어서 아들에게 건네고 데이빗은 그것을 양동이에 담습니다. 그들에게 아칸소의 들판은 이제 단순한 장소를 넘어서서 새로운 자유와 변화를 가능케 하는 특별한 공간으로 수용됩니다. 이때 할머니

[사진29] 미나리 밭

가 만들어낸 새로운 자유의 공간을 수용하는 것도 아버지 제이콥에 의해 이루어집니다.

영화의 마지막 장면에서 제이콥은 모니카와 더불어 수맥탐지사를 따라 벌판을 거닙니다. 모니카의 시선이 제이콥에서 폴에게로 넘어갑니다. 폴이 모니카, 제이콥과 함께 수맥탐지사를 따라가고 있습니다. 수평을 들고 있던 알파벳 Y자 모양의 나뭇가지가 흔들리자 탐지사가 멈춥니다. 제이콥이 들고 있던 벽돌을 내려놓습니다. 자신의 방식 외 아칸소의 방식을 수용하는 모습에서 제이콥 일가의 토포필리아를 엿볼 수 있습니다.

물길을 찾는다는 것은 농사를 재개하는 것을 의미합니다. 제이콥이 가장으로서 모든 일의 시작과 과정을 함께 하고 있습니다. 제이콥 일가(一家)는 트레일러에 머물며 다시 농사를 지을 것입니다. 화재는 파괴이면서 동시에 생성을 의미합니다. 데이빗의 심장병은 치유되고 있으며, 제이콥은 농작물들의 판로를 뚫었습니다. 이제 일가에게 남은 것은 농사 짓는 것뿐입니다.

6. 가장의 수행성, 카메라의 시선

정이삭 감독의 <미나리>는 1980년대 중반 한국 이민자의 정착 과정을 보여주고 있습니다. 미국은 기회의 땅이었고, 기회를 활용하는 것은 온전히 자신의 몫이었습니다. 감독은 첫 장면에서 아칸소로 이동하는 제이콥 일가(一家)를 카메라에 담았습니다. 마지막 장면에서는 아칸소 벌판에서 농사짓기 위해 다시 수맥을 찾아나서는 제이콥과 모니카의 모습을 카메라에 담았습니다. 허허벌판을 농장으로 가꾸어 가는 데 가족의 유대가 기반해 있었고 가족 신화를 실현하는데 가장(家長)이 주축을 이루고 있습니다. 작중에서 가장(家長)은 공간을 장소로 만들고 장소에서 다시 새로운 자유를 창안해 낼 수 있는 공간을 수용하는 서사의 추동력을 실현합니다.

제이콥은 가족의 상징적인 사제(司祭)이자 제사장(祭司長)으로서 가족의 구심점과 결속력을 만들어나갑니다. 벌판을 농장으로 바꾸는 과정은 자기 십자가를 지고 자기를 완성해 나가는 과정과 동일한 것입니다. 교회가 아닌 가족에 의해 제각각 자기 십자가와 구원을 발견하고 성취하기 위해 순례의 정진을 거듭합니다. 가장은 자기 십자가를 의식하고 완성해 나갑니다. 구원은 빛과 더불어 그림자, 양자를 수용하는 것입니다. 화재는 불꽃, 잿더미와 더불어 구원의 신성함을 더한다는 측면에서 일종의 제의(祭義)가 됩니다. 가장은 훈육과 포용으로 보잘 것 없는 삶을 한 편의 신화로 만듭니다. 가장(家長)으로서 역할의 수행과정은 가족 신화(神話)에 리얼리티를 부여합니다.

서사적인 측면 외에도, 미장센에 주목할 필요가 있습니다. 영화의 화면을 구성하는 것은 무엇일까요. 컷을 구성하는 질료는 무엇일까요. 활자화된 텍스트가 스토리텔링에 의존해 있다면 영화는 스토리텔링보다 다양한 장치를 통해 작품의 주제를 구현하고 있습니다.

이 작품은 시각적 구성을 통한 치밀한 묘사를 보여주는데, 작중에게 가장 두드러진 영상은 자연(自然)입니다. 녹색의 밝은 벌판, 벌판 위로 내리쬐는 햇살, 영화는 시종일관 하늘에서 비추는 햇살을 담아내는데 전력했습니다. 낮과 밤의 구도를 중심으로 밤에 화재가 발생하지만, 아침이면 어김없이 햇살과 더불어 새로운 삶이 다시 시작됩니다. 이 작품은 우리가 꿈꾸는 멜로드라마의 기본타입을 완성하고 유지해 나갑니다. 인간은 한계를 지니지만, 그들이 선택한 기회는 여전히 유효한 것이며 자연은 인간을 포용하고 있습니다. 이 작품에서 자연은 일가(一家)가 일구어낸 생생한 삶의 궤적을 포용하면서 그들의 삶을 현실에서 재현가능한 '신화'로 승화시켜 주고 있습니다.

[사진30] 햇살1

[사진31] 햇살2

[사진32] 햇살3

작중 가장(家長)이 차지하는 비중에 비해 가장의 권위적인 면은 찾아보기 어렵습니다. 그것은 인물과 사물을 바라보는 카메라의 수평적인 시점에서 기인합니다. 감독은 인물과 인물의 대화, 인물의 심리를 카메라의 수평적인 시선으로 담아내고 있습니다. 인물과 인물이 대립하고 갈등하더라도 그들은 수평적으로 존재하면서 상호 정서적 대화를 거듭함으로써 결속력을 연출합니다. 감독은 작중 인물의 대사, 몸짓 외에도 카메라 앵글의 시선을 통해 그가 전달하려는 주제의 정동(情動, affection)을 만들어냈습니다. 인물과 인물, 사건과 사건, 인간과 자연 일련의 모든 요소들이 서로 어우러져 있다는 메시지를 전달합니다.

제이콥 일가의 이주와 장소애(場所愛)는 민족과 국가를 초월한 보편적인 주제를 구현하고 있습니다. 아메리카 대륙을 배경으로 하는 디아스포라와 토포필리아라는 주제는 세계적인 보편성을 지닙니다. 감독은 표면적으로는 미국 이민지의 정착 과정을 보여주고 있으나, 깊게는 인간과 세계를 바라보는 관점을 제시하고 있습니다. 인간은 나약한 존재이지만, 타자와 더불어 상황을 수용하고 바꾸어 나갈 수 있는 힘을 지녔습니다.

자연이 늘 그 자리에 있듯이, 가족도 늘 그 자리에서 나와 더불어 나를 둘러싼 환경을 지켜주고 있습니다. 여기에 평화로운 전원, 녹색으로 펼쳐진 지평선, 아침이면 어김없이 떠오르는 태양과 햇살이 어우러지면서 인물과 인물의 관계, 인물과 그들이 놓여 있는 사태(事態)를 하나의 풍경으로 만들어줍니다. 어우러짐, 그것은 가족 내부의 구원에 국한되지 않으며 인간과 인간을 둘러싸고 있는 세계와의 관계로 확산되는 것임을 알게 됩니다.

현실의 그림자, 마술의 빛

영화 〈바그다드 카페〉(1987)

1. 오! 내 삶이 마술이기를

문제가 발생했습니다. 앞을 보고 뒤를 돌아보아도 해결의 기미가 없다면 어떻게 해야 할까요. 적절한 방안 없이 그 문제로 인해 삶이 고달프다면 어떻게 해야 할까요. 스스로에게 무슨 주술처럼 읊조리게 됩니다. 오! 이게 현실이 아니기를. 아니 현실이 드라마틱하게 호전되기를. 우리는 마술을 걸고 싶어집니다.

돌이켜 보면, 어린 시절 우리의 우상은 요술공주세리와 같은 '마술' 능력을 구비한 이들이었습니다. 그들이 공주이거나 왕자라서 열광한 것이 아니라 어린 나이임에도 불구하고 보통 사람 이상의 능력을 구비하고 있었으며, 자신의 삶 뿐 아니라 타인의 삶을 위해 신비한 마술을 부렸던 이들이기 때문입니다. 어린 시절 뿐 아니라 성인이 된 지금에 이르러서도 우리는 보통 능력 이상의 비범한 능력, 마술을 동경합니다.

오늘날 마술을 동경하는 우리의 처지는 어린 아이였을 때와는 사뭇 다릅니다. 거기에는 '마술'을 꿈꿀 수밖에 없는 현실의 비의(悲意)가 전제해 있습니다. 어린 아이였을 때 '마술'에 대한 동경은 신비한 것에 대한 호기심의 발로라면, 어른이 된 우리가 '마술'을 기대하는 것은 어떠한 방법으로도 도저히 이룰 수 없고 넘어서지 못하는 현실의 장벽을 벗어나고 싶기 때문입니다.

도저히 해결이 안 되고, 답을 찾을 수 없는 상황에 직면할 때 '마술'을 걸고 싶어집니다. 오! 내 삶이 마술이기를. 주문을 건다고 문제가 해결되는 것은 아닙니다. 그럼에도 불구하고 우리는 '마술'을 걸고 싶습니다. 현실이 고단할수록, 우리는 '현실'에서 좀 더 떨어진 '환상'으로 시선을 옮깁니다. 비록 일시적이고 내 것 아닌 환영이지만, '드라마'와 '영화'의 주인공은 잠시나마 우리의 비루한 일상을 잊게 해 줍니다.

현실에서 할 수 없는 로맨틱한 사랑을 경험하고, 현실에서 누려보지 못한 호사스러운 일상을 만끽합니다. 때로는 스펙타클한 '게임'을 통해, 주인공이 지닌 파괴력을 내 것으로 여겨 가공할만한 힘을 행사해 보기도 합니다. 그러나 '드라마'와 '영화'가 끝나고 '게임'이 종료되면, 우리는 다시 현실에서 여전히 풀지 못한 문제를 떠안고 쉽게 종료할 수 없는 삶을 살아나가야 합니다.

문제가 현실에서 발생했다면, 그 해결방안 역시 현실에서 찾아야 합니다. 문제를 해결하기 위해서는 물러나고 싶더라도 다시 그 자리로 돌아가야 합니다. 해결의 비법은 환상에 있지 않으며 오히려 환상은 도피임을 잘 알고 있음에도, 환상에 의탁하여 내 삶이 아닌 타자의 삶을 들여다

보면서 내 문제를 잊고 싶어 합니다. 비록 환상이 문제의 해결책을 제시하는 것은 아니지만, 때때로 환상 속에는 희망의 전언이 숨어 있기 때문입니다.

지금 당장 이루어지는 것은 아니지만 그에 대한 의지를 버리지 않는 것을 '희망'이라고 한다면, 퍼시 애들론(Percy Adlon) 감독의 <바그다드 카페>(독일, 1987)는 우리에게 희망을 보여줍니다. 금방 잊혀지는 여느 환상과 달리, <바그다드 카페>의 환상은 관객들에게 오랫동안 유쾌한 희망으로 남아 있습니다. 그 이유는 작중 주인공들이 당면한 현실문제에 굴하지 않고 계속해서 주문을 외우고 노력한 끝에 '마술'을 실현하면서 희망의 세계를 현실화 해 나가기 때문입니다. 특히 '마술'을 실현한 주체들이 우리처럼, 보잘 것 없는 보통 사람들이라는 데에서 우리는 <바그다드 카페>의 환상에 매혹됩니다.

2. 현실의 그림자

아름답고 우아한 모습만 보여주는 멜로드라마와 달리, <바그다드 카페>는 일상의 비루한 모습에서 시작합니다. 중년의 독일인 부부는 라스베가스로 향하는 길목의 사막에서 잠시 정차하여 소변을 봅니다. 어정쩡하고 불안정한 남녀의 모습이 앵글에 잡힙니다. 옥신각신 끝에, 아내 야스민은 가방을 챙겨 가지고 차에서 내립니다. 기다렸다는 듯, 남편은 음악의 볼륨을 높이고 시가를 힘껏 빨며, 요란한 엔진소리와 함께 떠납니다.

'I'm-calling… you…'

나른한 사막의 오후를 감각적으로 표현해 주는 선율이 흐릅니다. 하늘
과 땅은 온통 누렇게 펼쳐져 있습니다. 나른한 음악과 누런 빛의 사막은
주인공이 말을 하지 않아도, 누군가 상황을 설명해 주지 않아도, 주인공
의 내면과 상황을 감각적으로 전달해 줍니다. 작열하는 태양아래, 뚱뚱
한 아줌마 야스민은 무거운 가방을 끌고 사막을 걸어 나갑니다. 그녀가
다다른 곳은 주유소와 숙박시설을 갖춘 카페입니다.

야스민이 도착하기 전, 카페는 한 차례 요란스러운 광경을 연출합니
다. 그것은 손님으로 인해 흥성거리는 것이 아니라, 카페 주인의 가족들
이 벌리는 사소하지만 끊임없는 다툼들입니다. 커피 메이커를 사러간
남편이 그냥 돌아오자, 아내 브렌다는 남편을 윽박지릅니다. 이때 아들
살라모는 브렌다의 목소리를 삼켜버릴 만큼 요란하게 피아노 건반을
두드리는데, 브렌다는 살라모에게 피아노를 치지 말라고 윽박지릅니다.

이어 주유소에 버려진 빈 깡통을 치우는 브렌다에게, 남편은 그녀의
잔소리가 듣기 싫다고 투덜대며 집을 나섭니다. 두 사람의 갈등이 최고
조에 달한 순간, 요란스러운 굉음의 오토바이를 타고 돌아온 딸 필리스
가 엄마에게 데이트 비용을 조르고, 돈을 수중에 넣기 바쁘게 딸은 남자
의 오토바이를 타고 가버립니다. 남편도 집을 나갑니다. 삐쩍 마르고
볼품없는 흑인 아줌마는 찢어지는 목소리로 또 다시 윽박지릅니다.

'눈물 한 방울 흘릴 줄 알아, 흑흑흑'

작열하는 사막의 오후 카페 문전에서, '땀을 훔치는' 뚱뚱한 독일 여자

와 '눈물을 훔치는' 흑인 여자가 운명적으로 만납니다. 야스민은 카페의 객실에 머무릅니다. 숙소를 가로지르며, 야스민은 루디콕스라는 또 하나의 운명과 만납니다. 야스민은 객실에 걸린 그림, '하늘의 빛'을 응시합니다. 이때 비행기가 이륙하는 소리가 납니다. 이 소리는 그녀의 환청에 지나지 않지만, 그것은 그림에 나타난 '하늘의 빛'처럼 그녀의 삶 역시 상승할 수 있음을 암시합니다.

그 그림을 루디콕스가 그렸다는 것은, 그녀의 비상에 루디콕스의 조력이 뒤따른다는 것을 암시합니다. 초라한 객실에서 여행 가방을 열었을 때, 그녀는 비로소 자신의 가방이 남편의 것과 바뀐 것을 알아차립니다. 다음날, 방을 청소하던 브렌다는 남자의 옷가지와 물건을 발견하고 야스민을 경찰에 신고합니다. 인디언계 경찰은 '프리 컨츄리(free country)'를 강조하며 브렌다의 의심을 일소에 부칩니다.

브렌다가 장을 보러 나간 사이, 야스민은 카페와 사무실을 청소합니다. 그녀는 닦고 문지르며 정리정돈 합니다. 돌아온 브렌다에게 야스민은 "당신도 좋고 나는 일을 해서 좋다"고 말하지만, 브렌다는 버럭 화를 냅니다. 야스민은 어둡고 침울한 밤을 보냅니다. 황혼, 모두 핏빛으로 물들 무렵 객실에서 야스민은 마술 상자를 열고 마술을 익힙니다.

이제, 서서히 그녀의 마술이 실현됩니다. 야스민의 방을 청소하러 온 필리스는 방에 걸려 있는 옷을 입어봅니다. '바바리안 리터호즌'을 입어보고, '라를 슈트' 민속춤 복장을 입어봅니다. 상대의 옷을 입어보고, 상대를 이해하고 가까워집니다. 야스민은 필리스의 '미에 대한 호기심'을 채워주고, 살라모의 '피아노 연주'를 경청합니다. 살라모의 피아노 소리가 카페를 가득 메울 때, 야스민은 그 소리에 젖어들고 대낮의 화기(和氣)가 카페를 가득 메웁니다. 카페에 들어온 루디콕스는 타자의 소리에 귀기울이는 그녀의 아름다운 얼굴을 관망합니다. 마술은 벌써 일어나고 있었습니다.

3. '하늘의 빛'을 현실에 드리우는 방법

마술은 능동적이고, 역동적인 행위에서 출발합니다. '브렌다의 사무실을 청소'하던 야스민은 이제 카페의 종업원이 됩니다. 부메랑을 던지는 야스민의 육중하고 역동적인 몸놀림, 그 옆으로 기차가 지나갑니다. 야스민이 아이들과 급격히 가까워지자, 브렌다는 그녀에 대한 의심의 고삐를 늦추지 않고 다시 한번 그녀를 추궁합니다. 자신의 아이나 돌보라고, 야스민이 '난 아이가 없다'고 말하자, 이에 브렌다는 신경이 날카로워질 수 밖에 없는 자신의 처지를 설명합니다. 해야 할 일도 많고 돌보아야 할 아이도 많은 데, 남편이 1주일 전에 떠나 버렸다고. 현실에서 상처입은 두 여인은 자신의 상처를 드러내면서 갈등을 해소하고 동조자(同調者)가 됩니다.

야스민의 삶은 바뀌기 시작합니다. 그녀는 루디콕스의 모델이 되고, 카페에서 마술을 합니다. '모델이 되는 일'과 '마술을 하는 일'은 둘이면서 동시에 하나입니다. 카페에서 야스민은 공기 속에서 크래커를 꺼내고, 귀 뒤로 달걀을 만들어내는 마술을 합니다. '매직!' 외치면서 꽃을 만들어 브렌다에게 줍니다. 피아노 소리가 울려 퍼지는 카페에서 야스민은 꽃을 만들고 활짝 피웁니다. 사막을 지나는 사람들에게 브렌다의 카페는 라스베가스에서도 볼 수 없는 사막의 쇼가 벌어지는 곳으로 널리 회자됩니다. 별 볼일 없는 아줌마들이 사막의 한가운데에서 마술을 합니다. '누가' 하느냐, 그것이 '어디에서' 이루어지느냐에 따라 그 의미와 파급력은 큽니다.

마술이 능숙해 짐에 따라, 모델로서 야스민의 노출 수위도 점점 높아집니다. 야스민은 루디 콕스의 그림을 보고 '나의 환영'이라고 말합니다. 루디콕스는 자신이 그린 '하늘의 빛'이 '태양에너지가 만든 수천 개의 거울에 반사되는 햇빛'이라고 말해 줍니다. 우리의 삶도 기실 반사되는 빛처럼, 무수한 타자의 삶에 반사되어 더 큰 빛을 발하게 되는 것입니다.

루디콕스의 모델이 되어, 오른쪽 젖꼭지에서 빨간 장미꽃을 만들어내는 야스민은 이제 능동적인 창조자가 됩니다. 손님들로 붐비는 카페에 경찰이 방문합니다. '노동허가증'도 없고 '관광비자'도 만기된 야스민은 카페를 떠납니다. 그러나 얼마 지나지 않아 '하늘의 빛'을 등에 업고, 흰색 투피스를 차려입은 야스민이 도착합니다.

다시, 야스민의 매직이 시작됩니다. 아니 이제 마술은 그녀만의 몫이 아니라, 브렌다를 비롯한 카페 사람들 모두의 것이 됩니다. 살라모의 효과 음악, 루디콕스의 무대 조명, 필리스의 애교어린 춤과 노래. 이제는 완벽한 매직 쇼가 벌어지고, 브렌다와 손님들이 한데 어울려 노래합니다.

안녕들 하셨어요 오늘은 뭘로 하실래요? 칠리소스 바나나 파이.

아가씨 거기 있어요?

계란 드릴까요(아가씨 나타나)

우린 네가 필요해. 난 한번도 못 가져본 걸 원해. 내 인생에 길이 남는 것.

나쁠 건 없어 모두 마술이니까. 하던 일 접어두고 모두 모여요.

바그다드 주유소 카페에서 쇼가 펼쳐져요.

바그다드 주유소 카페에서 쇼가 펼쳐져요.

날씨 좋고 음식 맛 좋은 그런 곳에 집을 줘요.

귀여운 꼬마들이 엄마와 함께 사는 집,

주유소 딸린 집에서 용돈도 벌고,

마음 내키면 문신도 새기면서 언제나 웃으며 사는 집

지팡이를 손으로 잡지 않고 자유자재로 놀리는 야스민과 브렌다의 마술. 이제 마술은 야스민의 삶 뿐 아니라, 브렌다를 포함한 주변 사람들의 삶 안에서 구체적으로 실현됩니다. 아니 본격 마술은 물건과 사물을 통해서 이루어지는 것이 아니라, 사람과 사람 사이에서 벌써 일어났습니다. 남편과 카페 사람들로부터 냉대 받던 야스민이 브렌다와 루디콕스를 비롯하여 모든 사람들에게 사랑을 받게 되는 관계의 변화가 마술의 궁극적인 실현입니다. 바람부는 새벽, 야스민의 방에는 '활주로의 비행기가 이륙하는 소리'가 들려옵니다. 야스민에게 또 한번의 마술이 벌어지는 시점입니다. 루디콕스는 야스민의 방에서 '남자'가 되어 구혼하고 야스민은 기쁨으로 상기됩니다. 두 사람의 정열로 객실이 온통 붉게 도배됩니다.

루디콕스가 야스민에게 청혼하는 대사는 이 영화의 유일한 허점으로 보입니다. 루디콕스는 자신과 결혼하면 '미국시민권'이 나오므로 이곳을 떠나지 않고 살 수 있다는 제안으로 청혼합니다. 사실, 그들은 동일한 카페에서 손님으로 만나 그간 지속적으로 서로를 이해하는 눈길을 나누어 왔으며, 화가와 모델의 관계가 되고난 후부터는 더욱 애정을 돈독히 해 왔습니다. 그런 만큼, '미국시민권'을 운운하는 것은 두 사람의 낭만적 애정에 현실적 요소가 끼어들면서 인위적인 구도를 띠게 합니다.

영화가 종결되면, 우리는 마술이 벌어지는 유쾌한 카페가 바로 지금 이 곳이기를 바라며 읊조리게 됩니다. '오! 내 삶이 마술이기를.' 어떻게 하면, 이 주술이 푸념이 아닌 재현 가능한 사건이 될 수 있을까요. 그 가능성을 <바그다드 카페>의 뚱뚱한 아줌마 야스민에게서 찾아보겠습니다. 결론부터 말하면, 마술은 사전에 면밀한 준비를 해야 한다는 것, 그것은 나만을 위한 것이 아니라 우리 모두를 위한 것이어야 한다는 것입니다.

야스민은 마술을 실현하기 위해 아주 오래전부터 주문을 외우고 있었습니다. 사막에서 남편은 떠나가 버리고, 간신히 카페를 찾았지만 사람들은 그녀를 냉대했습니다. 이 막막한 현실, 사막에서 그녀는 자신이 할 수 있는 일을 떠올립니다. 바그다드 카페에서 객실의 요금을 치를 때, 야스민은 브렌다를 통해 이곳에서 자신이 무언가를 이룰 수 있다는 꿈을 꿉니다.

지금 당장은 아무것도 할 수 없고 그 누구도 관심을 주지 않지만, 언젠가는 무엇인가 할 수 있는 그 날이 도래할 것이며, 그것은 급박스럽게 진행되는 것이 아니라 눈치 채지 못할 만큼 아주 천천히 오고 있으며, 아주 조금씩 실현되고 있다는 사실을 말입니다. 그녀는 초라한 객실에서 '하늘의 빛'을 응시하며, 비상을 감지합니다. 그 비상은 야스민 자신만을 위한 것이 아니라, 궁극적으로 카페의 아이들과 브렌다 그리고 손님을 위한 것이었습니다.

이것이 <바그다드 카페>에서 벌어지는 야스민의 마술 비법입니다. '마술'은 '모델'이 되는 일과 무관하지 않습니다. '모델'이 화가의 '그림'을 위한 존재로서 그 의미가 부각되듯 '마술'은 박수갈채를 보내는 '관객'을 위해 존재한다는 점에서, 양자 모두 타자지향적 행위입니다. 야스민의 '마술'은 주체가 아닌 타자들에게 영향을 미칠 때, 그 신비로움이 입증됩니다.

야스민은 우리들에게 '하늘의 빛'을 현실의 빛으로 끌어오는 방법을 보여줍니다. 아니 그녀는 현실에 드리운 검은 그림자에 빛을 드리우는 방법을 보여줍니다. 마술, 그것은 주어진 현실에서 능동적이고 역동적인 주체로 거듭나는 길입니다. 그 시작은 '나'이지만 변화는 '이웃'을 통해 실현됩니다. 오! 내 삶이 마술이기를.

4. 조악한 현실과 마술의 긴장

여기 또 하나의 현실이 있습니다. 현실은 짙은 그림자로 인해 출구가 보이지 않습니다. 전경린의 「밤의 나선형 계단」에는 '마술'을 고대하는 한 여자가 있습니다. 이 소설에서 영화 <바그다드 카페>의 '마술'이 어떤 구실을 하고 있는지 살펴보기 앞서, 우선 작품의 줄거리를 알 필요가 있습니다.

여자 아이의 시점으로 전개되는 이 작품은 한 가정에 몰아닥친 가난의 풍파와 그로 인한 가족 이산(離散)을 보여줍니다. 아빠가 해고당하자, 퇴직금으로 엄마와 아빠는 찻집을 운영합니다. 빚이 늘고, 아빠는 집에 잘 들어오지 않으며, 엄마는 다른 남자를 만납니다. 여자 아이는 엄마에게 초점을 맞추어, 엄마의 심경 변화를 자세히 관찰하여 보여줍니다.

아빠가 실직하기 전까지, 엄마는 여자 아이와 아래로 남동생을 낳고 유복한 생활을 했습니다. 아빠가 실직하자, 퇴직금과 빚을 내어 찻집을 차리지만 오히려 빚만 늘어납니다. 엄마는 이제 현실에서 희망을 잃습니다. 엄마는 텔레비전 뉴스와 신문을 보지 않으면서, <바그다드 카페>만을 반복해서 봅니다. 작중에서 엄마의 행적 변화는 그녀가 <바그다드 카페>의 마술을 어떻게 이해하고 있는지 알 수 있는 근거가 됩니다. 우선, 엄마의 시선이 <바그다드 카페>의 어느 대목에 머물러 있는지 따라가 보겠습니다.

화면 속에는 뚱뚱한 여자가 새하얀 원피스를 입고 다시 사막 카페로 돌아왔다. 더욱 화려한 본격 마술 쇼가 펼쳐지고 서른 일곱 대의 트럭이 카페 마당에 들어찬다. 카페 주인여자는 완전히 다른 사람이 되었다. 활짝 열린 꽃잎처럼 관대해진 얼굴에는 잔잔한 미소가 흐른다. 미소는 견딜 수 없는 현실의 무게를 머리에 이고도 꿈처럼 가볍게 걷는 법을 가르치는 것 같다. (중략) 영화 속의 사람들 모두가 독한 꿈에 취한 것만 같다. 삶은 그저 도취이며 마술이라는 건가. 두려운 것은 한 존재가 사라진 빈자리, 하나의 세월이 흩어진 빈 자국, 마술이 끝난 뒤의 황량한 침묵뿐, 마술이 있는 동안은 아무도 슬프지 않다.[1]

엄마는 야스민의 마술을 통해 "견딜 수 없는 현실의 무게를 머리에 이고도 꿈결처럼 가볍게 걷는 법"(44면)을 찾고 싶었으나, 그녀가 본 야스민의 마술은 단순히 '독한 꿈'과 '도취'에 지나지 않았습니다. 마술이 한낱 '독한 꿈'에 지나지 않는다면, 꿈에서 깨면 모든 것은 사라집니다. 야스민의 마술은 가난한 현실에서 엄마가 살아갈 수 있는 비법을 보여주지 못했고, 오히려 엄마의 경제적 결핍을 더욱 부각시켰습니다. 아파트 공과금과 아이의 유치원 회비가 밀리며 당장 저녁거리가 근심인 엄마에게, 야스민의 마술은 속임수에 지나지 않았습니다.

라스베가스 여행길에 오른 야스민과 엘리베이터도 없는 낡은 아파트의 꼭대기층을 오르내리는 엄마는 당면한 출발점부터 달랐던 것입니다.

---

1 전경린, 「밤의 나선형 계단」, 『바닷가 마지막 집』, 생각의 나무, 2005, 44면(『현대문학』, 1998.3 발표).

야스민에게는 황량한 사막의 여정 끝에 카페가 등대해 있지만, 엄마에게는 "어디로 가고 싶"지만 "위에도 아래에도 계단"(40면)뿐이었습니다. 엄마는 '밤'에 아파트 꼭대기의 '나선형 계단'을 오르내리며 현실의 무게를 감당해야 했습니다.

가게에서 하루 종일 손님을 접대하고, 저녁에 집으로 돌아와 두 자녀의 밥상을 차리고 숙제를 보아주며 목욕을 시킵니다. 다시 가게로 돌아와 남은 일을 해 놓고 늦은 밤 집으로 돌아갑니다. <바그다드 카페>에서 야스민은 '마술'을 통해 유쾌한 희망의 메시지를 전달하지만, 「밤의 나선형 계단」에서 엄마는 그 '마술'을 조악한 현실에 실현하는 것이 얼마나 힘든 일인지 보여줍니다.

그렇다면 야스민의 마술은 속임수일까요. 다시 <바그다드 카페>로 돌아가 야스민의 '마술'을 정의 내려보겠습니다. 야스민의 '마술'은 무(無)에서 유(有)를 창조하는 '변화'이며 그것은 '나'를 통해 궁극적으로 우리 모두의 변화로 실현되는 것입니다. 야스민과 엄마가 추구하는 변화는 출발점부터 다른 것이었습니다. <바그다드 카페>에서 야스민에게 '없는 것'과 '있어야 할 것'은 「밤의 나선형 계단」에서 엄마에게 '없는 것'과 '있어야 할 것'과는 엄연히 다릅니다. 남편과의 불화 및 주위 사람들로부터의 냉대가 야스민이 마술을 걸게 된 동기라면, 엄마는 가난한 현실로부터 탈피하고자 마술을 고대하는 것입니다. 약간의 돈이 생기자, 엄마는 아끼고 또 아껴가면서 당장 필요한 아이들의 옷과 식료품을 사면서 자신의 가난을 직시합니다.

그날 내 마음은 너무나 가난했어. 만약 가난하다면, 평생 동안 계속 가난하다면 어떤 생각을 하게 될까…. 생각할 것이 거의 없다는 것을 알았어. 돈 생각조차 하지 않을 것 같았어. 단지 필요한 것을 충족시키고 필요하지 않은 것은 생각조차 하지 않는 거야. 그러자 막연히 두려워했던 안개가 걷히는 것 같았어. 물론 알아. 정말 가난한 사람에 비하면 엄살에 불과하지. 그래 내 가난은 아직 실재가 아니야. 내가 가난하다는 게 믿어지지도 않았으니까. 그냥 우울한 정도지. 가난이란 우울조차도 복잡하거나 모호하지 않고 명쾌해. 돈만 있으면 해결되니까(63면)

마술이 무(無)에서 유(有)를 만들어 내는 '변화'를 의미한다면, '가난'하기 때문에 '마술'을 하지 못하는 것은 아닙니다. 야스민이 경제적으로 가난하지 않았다고 한다면, 엄마의 가난 역시 죽느냐 사느냐를 고민하는 적빈은 아닙니다. <바그다드 카페>에서 야스민이 보여주는 '마술'의 여부는 상황의 편차에 있지 않고 주체의 의지에 달려 있습니다. 엄마는 그 누구보다 마술, '변화'를 갈구했습니다. 엄마는 '현재의 가난을 지속적으로 안고 살아가느냐 그렇지 않으면 삶에 다른 변화를 추구하느냐'를 고민했으며, 그녀는 '삶에 다른 변화'를 선택합니다. 그 누구보다도 마술을 원했던 엄마는 밤에 여행 가방을 들고 '삶에 다른 변화'를 찾아 집을 나갑니다. 엄마가 없는 집에서, 이제 아이들은 "술 취하고 난폭한 아버지, 끝나지 않을 가난, 음식 냄새도 없는 어둡고 텅 빈 저녁들"(74면)을 살아내야 합니다.

이 글에서 엄마의 행적에 관한 시비를 논할 필요는 없습니다. 다만,

<바그다드 카페>에 심취한 주인공이 야스민의 '마술'을 어떻게 이해하고, 자신의 삶에 적용시켰느냐를 살펴보려는 것입니다. 결론부터 말하면, 엄마는 야스민의 '마술'을 단지 '마술쇼'로 이해하고, '카페'를 '현실'로 오인한 것입니다. 엄마는 우리의 실제 '현실'이 본래 '사막'이라는 것, 우리 모두는 '여행자'이며 우리의 '여로'가 곧 '사막'이라는 사실을 간과하고 있습니다.

그녀는 뜨거운 바람과 햇살을 가로지르고 사막의 한 가운데 이르러서야 카페가 시야에 나타난다는 것, 사막을 통과하면서 '눈물을 훔치'고 '땀을 훔치'고 난 후에야 카페의 문전에 도달할 수 있다는 사실을 간과하고 있습니다. 카페를 찾았다고 해서 곧바로 커피를 마실 수 있는 것도 아니고, 그곳에 들어섰다고 해서 환대를 받는 것도 아닙니다. 카페에 들어서면, 우리는 '손님'인 동시에 '주인'이 되어야 합니다. 카페에 들어설 때는 '손님'이지만, 카페에 있으면서 우리는 다시 능동적이고 역동적인 '주인'으로 거듭나야 합니다. 그런 다음에야 '하늘의 빛'이 현실의 그림자를 드리우는 본격 마술을 시작할 수 있습니다.

'사막'에서 '카페'를 찾고 그 곳에서 '마술'을 익히는 것은 모두 우리들의 몫입니다. 엄마가 떠나자, 여자 아이는 엄마가 즐겨 보던 영화 속의 '마술사' 야스민을 꿈꿉니다. 먼 훗날 여자 아이는 "늙은 엄마의 집을 찾아가 모자 속에서 가장자리가 시든 장미꽃들과 보라색 소국과 커다란 꽃잎을 가진 노란색 꽃과 흰 꽃들을 만들어"(75면) 주리라 마음먹습니다. 여자 아이는 '마술'의 의미를 알고 있었던 것입니다. 그것은 '나'를 통해 '다른 사람의 변화'를 견인하는 것입니다.

엄마는 '마술'이 무(無)에서 유(有)를 창조하는 '변화'를 의미한다는 사실은 알고 있었지만, 그 변화가 '나'를 통해 궁극적으로 '다른 사람'에게 실현된다는 사실은 간과하고 있었던 것입니다. 엄마는 '사막'의 현실에서 일어나는 야스민의 '마술'보다 흥성거리는 카페의 '마술쇼'를 동경했던 것입니다. <바그다드 카페>의 사막에서, 야스민은 '지금'의 '이 자리'에서도 '마술'이 일어날 수 있다는 희망을 보여줍니다. 영화의 주제곡은 그 희망을 다음과 같이 노래합니다.

A desert road from Vegas to nowhere
Some place better than where you've been
A coffee machine that needs some fixing
In a little cafe just around the bend
I am calling you
Can't you hear me
I am calling you
A hot dry wind blows right through me

The baby's crying and I can't sleep
But we both know a change is coming
Coming closer, sweet release

5. 사막, 카페, 마술

영화 <바그다드 카페>는 당면한 현실에 문제가 많을지라도 스스로 주문을 외우고 마술을 실현하는 못생긴 아줌마들의 이야기입니다. 이들의 마술이 우리의 내면을 동요시키는 것은 마술을 거는 '주체'와 그 '배경'이 우리와 동일하기 때문입니다.

뚱뚱한 독일 아줌마와 삐쩍 마른 흑인 아줌마, 그들은 콤플렉스 많은 우리의 자화상이며 우리와 동일한 '비루한 일상'을 살아가는 보통 사람들입니다. 항상 분주하고 할 일이 산재해 있음에도 불구하고, 아이들은 말을 듣지 않고 자신의 요구만을 주장하는가 하면 남편은 아예 일을 도외시 합니다. 그렇지 않으면, 생의 동반자인 남편은 동반하기보다 군림하면서 자신의 삶에 배우자를 종속시키려 합니다.

아니 이 비루한 일상을 사는 것이 비단, 여자들만의 문제이겠습니까. 작중 여성들과 함께 생활하는 남자들 역시 동일한 처지에서 많은 콤플렉스를 안고 살아갑니다. 고집 세고 한 치의 양보도 없는 아내와 열악한 사막을 동행하는 일, 황량한 사막에서 거친 아내와 고집불통의 아이들을 거느리고 카페를 운영하는 일, 이 역시 우리가 살아가는 고단한 일상의 단면입니다. 단지, 이들은 '마술'을 하려는 생각을 못했을 뿐, 작중 여성 인물과 마찬가지로 고단한 일상을 살아가는 우리들의 자화상입니다.

이 작품은 '마술' 능력 여부에 따라 '주인공'과 '주변 인물'이 구분될 뿐이지, 남녀 성별의 차이를 부각시킨 것은 아닙니다. 페미니즘의 시선은 이 작품의 풍요로운 해석을 단선화 시킬 소지가 있습니다. 이 작품은

'현실'에서 '마술을 걸기 위한 노력을 하는 주인공'에게 초점을 맞춘 영화입니다. 영화 <바그다드 카페>는 사막 같은 현실을 살아가는 우리에게 다음과 같은 '마술' 비법을 일러줍니다.

우리가 '여행자'라면 우리의 여로는 '사막'입니다. 우리는 뜨거운 바람과 햇살을 받으며, 인생의 무거운 짐을 이끌고 사막을 가로질러야 합니다. '땀을 훔치며', '눈물을 훔치'고 난 후에야 우리는 카페를 찾을 수 있습니다. 그렇다고 해서 '카페'가 곧 현실 전체를 대변하는 것은 아닙니다. 카페는 사막이라는 현실에서 찾은 오아시스에 불과합니다. 오아시스는 그저 물을 주지 않으며, 주인이 되어 능동적으로 물을 만들어 내야 합니다. 요컨대, 카페에 들어서면 우리는 손님인 동시에 주인이 되어야 합니다. 주인이 된 후에야 우리는 마술을 실현할 수 있습니다. 주문을 걸기만 하면, 즉시 내 인생이 꽃처럼 화려한 빛깔을 드리우고 새처럼 가벼워지는 것은 아닙니다. 만약 그렇다면, 그것은 일종의 '쇼'입니다.

<바그다드 카페>에서 야스민의 마술은 '하늘의 빛'을 현실에 드리우는 것으로, 그것은 무엇보다도 주체가 스스로 적극적이고 능동적으로 변화하는 데 있음을 보여줍니다. 그 변화는 자신에게 비롯되어 이웃과 타자들에게서 실현됩니다. '본격 마술'은 나의 변화를 통해 타인의 변화를 이끌어내는 것입니다. '마술'과 '마술사'와 '타자들'의 삼자관계를 통해, 우리는 사물의 이치를 파고 들어가는 '격물(格物)'에서 시작하여 '치지(致知)', '성의(誠意)', '정심(正心)', '수신(修身)', '제가(齊家)', '치국(治國)', '평천하(平天下)'에 이르는 『대학』의 8조목을 떠올리게 됩니다.

어린 시절, 우리는 마술을 부릴 수 있는 만화 캐릭터들을 동경하곤

했습니다. 그들은 보통 이상의 비범한 능력, 마술을 구비하고 있었으며 그것은 자신의 삶 뿐 아니라 타인의 삶을 위해 실현되곤 했습니다. 아니, 반대세력에 의해 자신의 생명을 위협받더라도 그들은 이웃을 위해 마술 부리는 일을 도외시 하지 않았습니다.

<바그다드 카페>의 뚱뚱한 아줌마 야스민은 자신의 '마술'을 통해, 브렌다와 그의 가족 그리고 카페 손님들을 변화시킵니다. 야스민의 마술은 브렌다에게 전수되고, 그것은 카페 사람들의 어우러진 합창 속에 하나가 됩니다. 그녀는 뒤바뀐 운명을 역전시키는 유쾌한 희망의 전령사입니다. <바그다드 카페>의 아줌마들은 '공주'처럼 예쁘지도 않고 '요정'처럼 귀여운 캐릭터가 아닌 까닭에, 우리는 그 '마술'이 단순히 환상은 아니며 현실에서 실현가능한 '희망'이라는 것을 압니다.

6. 마술의 빛

<바그다드 카페>는 서사, 미장센, 사운드 모두 주제에 수렴되어 작품의 완결성을 배가시키고 있습니다. 평범한 일상 사람들에게 발생할 수 있는 현실의 고난과 그것을 극복할 수 있는 가능성을 보여주고 있습니다. 주인공도 어느 나라 어느 지역에서나 흔히 볼 수 있는 아줌마들이며 외모도 평범하기 그지없습니다. 그런 까닭에 그들이 만들어내는 마술은 공감력을 발휘합니다. 판타지가 아니라 현실에서 재현 가능한 희망을 발견해 내고 힘을 얻는 것입니다.

'마술의 빛'은 영화라는 장르의 특수성을 설명하기에도 용이합니다. 문자가 아니라 영상을 통해 실현하는 서사는 대중의 흥미와 사랑을 받고 성장했으며, 대중의 감수성을 변화시켜 나갔습니다. 때때로 영화는 현실에 내재한 심각한 위험성을 구체적으로 보여주기도 합니다. 영상 예술로서 다양한 장치와 기술을 동원하여 새로운 세상을 재현해 옮기지만, 만화 웹툰 애니메이션이 그러했듯이 영화 역시 탄탄한 서사의 기반을 갖추었을 때 마술의 효력을 발할 수 있습니다.

이제 이 책을 마무리 하려고 합니다. 만화, 애니메이션, 영화에 이르기까지 일련의 문화콘텐츠를 읽을 때 가장 중요한 것이 무엇일까요. 그것은 텍스트입니다. 비평이라고 하면 다양한 이론을 떠올리기 쉽습니다. 이론은 작품에 내재한 다양한 성격과 특징을 정교하게 개념화 한 것입니다. 이론이 있기 전에 잘 만들어진 작품이 있고, 그에 앞서 작품의 실체가 되는 현실이 있습니다. 다시 말해 이론도 우리가 살고 있는 현실을 기반으로 만들어진 것입니다.

비평의 기본은 작품과 나의 교감입니다. 비평의 첫 번째 단계가 작품에 대한 이해와 분석입니다. 한번보고 넘기기보다 다시 보면서 음미하고 스스로 질문해 보는 것이 필요합니다. 내가 읽어낸 독해의 원리를 스스로 찾아 만들어 나가는 것이 필요합니다. 그런 다음, 내가 읽어낸 것의 가치를 확인하기 위해 다른 텍스트를 찾아봅니다. 내가 읽은 방식과 다른 텍스트의 이해방식이 같다면, 나는 작품을 관류하는 보편성을 찾은 것입니다. 내가 읽은 방식이 다른 텍스트의 이해방식과 다르다면, 작품의 또 다른 요소를 발견한 것입니다.

이제 이 작품을 비롯하여 이 책의 결론을 전달하려 합니다. 비평은 작품에 대한 호의이며 자세히 보기입니다. 나와 작품 간의 교감에 이론 서적을 비롯한 텍스트가 끼어들어서는 곤란합니다. 자신과 작품의 소중한 만남을 깊이 있게 간직하고 거기에서 만들어진 의미를 기술할 수 있어야 합니다. 그것이 비평의 기본입니다. 그런 다음에 나의 논리를 기존의 다른 서적과 글을 통해 확인하고 비교해 볼 필요가 있습니다. 다른 서적을 통해 확인하고 비교하는 것은 새로운 것을 발견하는 한편, 나의 비평을 객관화 할 수 있는 계기를 마련하는 것입니다.

다시 영화 <바그다드 카페>로 돌아가겠습니다. 이제 피로한 우리 일상에 마술의 빛을 만들어 보겠습니다. 쉽지 않다면 잘 만들어진 문화콘텐츠를 보고 교감하는 것도 좋습니다. 교감을 통해 내 일상의 궤도가 안정권에 접어들었다면, 이제 내가 읽은 문화콘텐츠를 비평해 볼까요. 순서가 바뀌어도 좋습니다. 내가 읽은 문화콘텐츠를 비평하면서 나와 일상이 바뀔 수도 있습니다. 비평의 시작과 본질은 텍스트를 읽고 보는 '나'에게 전적으로 달려 있으니까요.

1. 기본자료

박건웅, 『노근리 이야기』 1부, 새만화책, 2006.

박건웅, 『노근리 이야기』 2부, 새만화책, 2011.

성백엽, <오세암>, 마고21, 2003.

전경린, 『바닷가 마지막 집』, 생각의 나무, 2005.

정은용, 『그대, 우리의 아픔을 아는가』, 다리, 1994.

정구도, 『노근리는 살아 있다』, 백산서당, 2003.

정리태, 『오세암—엄마를 만나는 곳』, 샘터, 2003.

정이삭, <미나리>, A24 플랜B 엔터테인먼트, 미국, 2020.

정채봉, 『물에서 나온 새』, 샘터, 2002.

정채봉, 「오세암」, 『오세암』, 창작과비평사, 2003.

정채봉, 『초승달과 밤배』 上 · 下, 까치, 2003.

강풀, 『그대를 사랑합니다』 1 · 2 · 3, 문학세계사, 2007.

강풀, 『순정만화』 상 · 하, 문학세계사, 2004.

강풀, 『바보』, 문학세계사, 2005.

강풀, 『영화야 놀자』, 문학세계사, 2007.

넬슨 신, <왕후심청>, 조선4 · 26아동영화촬영소 에이콤프로덕션, 2005.

퍼시 애들론, <바그다드 카페>, 아일랜드 픽쳐스, 1987.

http://cartoon.media.daum.net/webtoon/view/iloveu(2011)

www.anioseam.com. 2003.12.24.

2. 단행본

권경민, 『세계만화미학론』, 심포지움, 2009.

금장태, 『유교의 사상과 의례』, 예문서관, 2000.

김만수, 『문화콘텐츠 유형론』, 글누림, 2006.

김용락 · 김미림, 『서사만화 개론』, 범우사, 1999.

길문섭, 『만화 기초작법에서 웹툰까지』, 타임스퀘어, 2008.

나병철, 『소설의 이해』, 문예출판사, 2004.

만화벗 그림터, 『순정만화 가이드』, 큰방, 1999.

백준기, 『만화 미학 탐문』, 다섯수레, 2001.

서영채, 『풍경이 온다―공간 장소 운명애』, 나무나무 출판사, 2019.

우종하, 『인간심리학의 이해』, 교육과학사, 2000.

유영대, 『심청전연구』, 문학아카데미, 1989.

유한근, 『현대 불교문학의 이해』, 종로서적, 1989.

윤인진, 『코리안 디아스포라』, 고려대학교출판부, 2005.

이보영, 『성장소설이란 무엇인가』, 청예원, 1999.

이수진, 『만화기호학』, 씨엔씨 레볼루션, 2004.

이진, 『하늘은 언제나 너그러웠다』, 창비, 1996.

인문콘텐츠학회, 『문화콘텐츠 입문』, 북코리아, 2006.

정두헌, 『불교설화전집』, 한국불교출판사, 1990.

조대현, 『일본애니메이션의 분석과 비판』, 한울아카데미, 1999.

조성면, 『한국문학 대중문학 문화콘텐츠』, 소명출판, 2006.

최래옥, 『한국구비전설의 연구』, 일조각, 1981.

최상수, 『한국민간전설집』, 통문관, 1958.

최혜실, 『문화콘텐츠, 스토리텔링을 만나다』, 삼성경제연구소, 2006.

한정섭 편저, 『불교설화대사전』 下, 이화문화출판사, 1992.

허인욱, 『한국애니메이션영화사』, 신한미디어, 2002.

황선길, 『애니메이션의 이해』, 디자인하우스, 1996.

황선우, 『애니메이션영화사』, 범우사, 1998.

가라타니 고진, 박유하 옮김, 『일본근대문학의 기원』, 민음사, 1997.

加地伸行, 김태준 옮김, 『유교란 무엇인가』, 지영사, 1996.

우에노 료, 햇살과 나무꾼 옮김, 『현대 어린이문학』, 사계절, 2003.

에드워드 랄프, 김덕현 · 김현주 · 심승희 옮김, 『장소와 장소상실Place and placelessness』,
    논형, 2014.

이푸 투안, 구동회 · 심승희 옮김, 『공간과 장소』, 대윤, 1995.

이푸 투안, 이옥진 옮김, 『토포필리아: 환경지각, 태도, 가치의 연구』, 에코 리브르, 2011.

제프 말파스, 김지혜 옮김, 『장소와 경험』, 에코리브르, 2014.

존 A. 워커 · 사라 채플린, 임산 옮김, 『비주얼 컬처』, 루비박스, 2004.

존 할라스, 한창완 옮김, 『유럽 애니메이션 이야기』, 한울, 1999.

존 할라스 · 로저 맨밸, 이일범 옮김, 『애니메이션의 이론과 실재』, 신아사, 2000.

존 할라스, 황선길 · 박현근 옮김, 『세계 애니메이션 작가와 작품』, 범우사, 2002.

L.쟈네티, 김진해 옮김, 『영화의 이해』, 현암사, 1993.

M.H.아브람스, 최규역 옮김, 『문학용어사전』, 예림기획, 1997.

낸시 에이벨만 · 존 리, 이주윤 옮김, 『블루 드림즈』, 소명출판, 2020.

모린 퍼니스, 한창완 외 옮김, 『움직임의 미학』, 한울 아카데미, 2001.

필립 아리에스, 문지영 옮김, 『아동의 탄생』, 새물결, 2003.

프레모 레비, 이현경 옮김, 『이것이 인간인가』, 돌베개, 2007.

로버트 단턴, 조한욱 옮김, 『고양이대학살—프랑스 문화사속의 다른 이야기들』, 문학과지성
　　사, 2003.

알랭바디우, 이종영 옮김, 『조건들』, 새물결, 2006.

장뤽 낭시, 김상훈 외 옮김, 「유한하고 무한한 민주주의」, 『민주주의는 죽었는가』, 난장,
　　2010.

3. 논문 및 평론

강형구, 「강풀 장편만화의 스토리텔링의 경쟁력」, 『인문콘텐츠』 제10호, 2007.12.

강희영, 「정채봉 동화에 나타난 환상성 연구」, 『비평문학』 66, 한국비평문학회, 2017.

고경석, 「강풀 만화 원작, 영화 '그대를 사랑합니다' 2월 개봉」, 『스포츠투데이』, 2011.1.27.

김용범, 「고전소설 〈심청전〉과의 대비를 통해 본 애니메이션 〈왕후심청〉 내러티브 분석」,
　　『한국언어문화』 27, 2005.6.

김일주, 「만화로 세계인 공감 끌어내고 싶어요」, 『한겨레』, 2006.12.22.

김윤정, 「문학의 정치성과 공감의 윤리—『그대, 우리의 아픔을 아는가』를 중심으로」, 『전쟁
　　과 한국어문학』, 세계한국어문학회 동계 학술대회, 2012.

김현숙, 「童心을 意譯하면서—정채봉론」, 『한국아동문학연구』 8, 한국아동문학회, 2000.

김현자, 「미국의 '오만함', 까만 얼굴로 표현했다」, 『오마이뉴스』, 2007.1.6.

김화선, 「한국 근대 아동문학의 형성과정 연구」, 충남대학교 박사학위 논문, 2002.

길자은, 「'웹툰'을 활용한 매체언어교육의 교수학습 방안 연구: 강풀의 <순정만화>를 바탕으로」, 동국대학교 국어교육 석사학위논문, 2012.

노제운, 「동화 속의 숨은그림 찾기—정채봉의 <오세암>과 권정생의 <강아지 똥> 분석」, 『어문논집』 38, 안암어문학회, 1998.

노제운, 「「오세암」설화의 심층의미와 아동문화콘텐츠로의 변용에 관한 연구」, 『어문논집』 61, 민족어문학회, 2010.

노제운, 「고전소설 「심청전」의 애니메이션 「왕후심청」으로의 변용에 관한 고찰」, 『한국학연구』 35, 고려대학교 한국학연구소, 2010.

박상재, 「密屠있는 童心의 抒情的 具現—정채봉의 동화론」, 『국문학논집』 15, 단국대학교 국어국문학과, 1997.

박성철, 「정채봉 동화 「오세암」과 애니메이션 <오세암> 비교 연구」, 『어문학교육』 38, 한국어문교육학회, 2009.

배동진, 「비전향장기수 인생 판화체 만화로 회상」, 『부산일보』, 2004.7.29.

서병문, 「남북 문화콘텐츠 경협차원 교류를」, 『세계일보』, 2005.8.29.

서혜옥, 「디지털 애니메이션의 색채에 관한 연구」, 『시각디자인학연구』 7, 커뮤니케이션디자인협회 · 시각디자인학회, 2001.

송명자, 『발달심리학』, 학연사, 1996.

신선자, 「남북 합작 극장용 장편 애니메이션 '왕후심청'」, 『디지털 콘텐츠』, 한국데이터베이스진흥센터, 2003.

신현득, 「한국 근대아동문학 형성과정 연구—최남선의 공적을 중심으로」, 『국문학논집』 17, 단국대학교 국어국문학과, 2000.

성완경, 「증언의 힘과 예술의 힘이 만나—[화제의 책] 다큐만화 <노근리 이야기>」, 『프레시안』, 2006.12.4.

심수경, 「문화콘텐츠를 통한 민족동질성회복에의 가능성 모색—트랜스미디어로서의 남북 합작 애니메이션 『왕후심청』과 일본 애니메이션의 사례를 중심으로」, 『일본문화학보』 80, 한국일본문화학회, 2019.

심치열, 「고전소설을 수용한 장편 애니메이션—<왕후심청> 스크립터를 중심으로」, 『고소설연구』 23, 한국고소설학회, 2007.6.

원종찬, 「韓·日 아동문학의 기원과 성격 비교―방정환과 한국 근대아동문학의 본질」, 『인문학연구』, 인하대학교 한국학연구소, 2000.

이고은, 「노근리 '그날의 만행' 만화로 낱낱이 고발」, 『경향신문』, 2006.11.12.

이기진, 「리얼리즘만화 '전성시대'」, 『주간한국』, 2009.8.18.

이덕화, 「소수 집단 문학으로서의 『그대, 우리의 아픔을 아는가』」, 『전쟁과 한국어문학』, 2012 세계한국어문학회 동계 학술대회, 2012.

이상원, 「<오세암>애니메이션의 영상표현 연출 분석과 한국 애니메이션의 발전방안」, 『기초조형학연구』, 한국기초조형학회, 2003.

이은정, 「주목! 이 디자이너: '노근리 이야기'의 만화가 박건웅 작가를 만나다―정의(正義)여, 길을 묻는다」, 『jungle매거진』, 2011.4.23.

이장균, 「남북 합작 '왕후심청' 남북 동시상영 추진」, 『자유아시아방송』, 2005.7.6.

이준희, 「정채봉 동화의 모성성 연구」, 『어문학교육』 45, 한국어문교육학회, 2012.

이하린, 「콜로라도 출신 정이삭 감독의 영화 <미나리>」, 『중앙일보』, 2021.4.26.

임깁실, 「[애니] 박건웅 '홍이 이야기' 공포 붉은 피로 물든 아! 제주」, 『부산일보』, 2008.4.12.

임민아, 「<만나고 싶었습니다. 27>: '꽃', '노근리 이야기' 박건웅 작가 인터뷰, 한국근현대사 숨은 이야기 발굴하고파」, 『부천소식』, 2009.4.22.

임인택, 「가벼운 터치? 현실 파노라마 긴호흡으로」, 『한겨레』, 2004.8.20.

임혜선, 「강풀 웹툰 「순정만화」 스토리텔링 연구」, 단국대학교 문예창작학과 석사학위논문, 2012.

윤현진, 「'청순한' 외모로 순정만화 그리는 만화가 강풀의 작업실 이야기」, 『레이디경향』, 2011.3.19.

장경렬, 「반(反)성장소설로서의 성장소설」, 『작가세계』, 1991, 겨울호.

장경렬, 「노근리 사건의 문학적 형상화를 찾아―정은용의 『그대, 우리의 아픔을 아는가』에서 제인 앤 필립스의 『락과 터마이트』까지」, 『제4회 노근리 국제 평화학술대회』, 2010.12.

장석용, 「넬슨 신 제작 감독의 애니메이션 「왕후심청(Empress Chung)」―글로벌 브랜드로 등극한 우리 고전의 완벽한 현대판」, 『공연과 리뷰』 50, 현대미학사, 2005.

정지영, 「조선시대 가장(家長) 지위의 구축과정과 국가―<조선왕조실록>의 가장 관련 기사를 중심으로」, 『한국고전여성문학연구』, 한국고전여성문학회, 2013.

조홍매, 「애니메이션 동화 (왕후심청)의 재생산의 의미: 신재효본 <심청가>와의 비교를 통하여」, 『인문논총』 20, 학술저널, 2010.

주완수, 「만화에 있어서의 전쟁과 기억—노근리 이야기를 중심으로」, 『제4회 노근리 국제평화학술대회』, 2010.12.

최근덕, 「유교와 불교에 있어서의 이상적 인격」, 『불교연구』 15, 1998.

한상정, 「강풀 만화책이 재미없는 이유」, 『실천문학』 통권93호, 2009.

허지웅, 「허지웅의 극장면—그대를 사랑한다고 말하기 위해서」, 『한겨레』, 2011.2.10.

홍지민, 「[k코믹스 신한류를 이끌다] (7) 리얼리즘을 말하다—결코 가볍지 않은 세상에 눈뜨다」, 『서울신문』, 2012.6.4.

황준호, 「작가 박건웅 "증언세대가 사라지기 전에 기록해 둬야 한다"」, 『프레시안』, 2006.12.4.

초출

「공감의 시학, 웹툰과 영화의 장르 뛰어넘기」, 『비교문학』 54, 한국비교문학회, 2011, 81-108면.

「만화 『노근리 이야기』 1·2의 사건 구현방식과 미적 형상화 연구」, 『한국문학이론과비평』 2, 한국문학이론과비평학회, 2013, 81-108면.

「<오세암>이야기의 변천과정과 인물의 성격 변화」, 『비교문학』 33, 한국비교문학회, 2011, 35-57면.

「애니메이션으로 각색된 심청 이야기의 의의와 한계—애니메이션 <왕후심청>(2005, 넬슨신 감독)에 대한 소고」, 『디지털 문화콘텐츠』, 대구한의대학교 디지털문화콘텐츠 개발연구소, 2005.12, 23-38면.

「영화 <미나리>에 구현된 '가족 신화' 분석—토포필리아의 구현과 가장(家長)의 수행성」, 『비평문학』 81, 한국비평문학회, 2021, 99-126면.

「현실의 그림자, 마술의 빛」, 문예지.

*초출을 바탕으로 하되, 책의 목적과 방향성에 맞추어 새롭게 구성했습니다.